더는 상처받고
싶지 않은 언니에게

더는 상처받고
싶지 않은 언니에게

스더언니 지음

푸른향기
Pleubook Publishing Co.

이제 더는 아프고 싶지 않은 언니에게,
지쳐서 더는 상처받고 싶지 않은 언니에게,
지나간 기억, 아팠던 모든 마음,
그리고 사랑하는 마음을 모아 드립니다.

버림받음에 대한
두려움이 있나요?

인도, 중국, 프랑스. 18년의 해외 생활.

누가 들어도 역마살이 단단히 끼어있는 인생이다. 어쩌다가 훌쩍 떠나게 된 그곳을 사랑하고, 그곳에 머물며 매일 똑같은 일상을 마주하면서 어느 순간 '안정'이라는 것이 내게 찾아오면 그때부터 내 깊은 곳에서 불편함이 쑥 올라오는 느낌이 들었다. 그 불편함은 곧 불안으로 변하게 되었고, 나를 묶는 느낌이 들게 하여 결국, 나는 또 다른 새로움에 목말라했다.

역마살. 그게 이런 건가 싶다. 뜨내기가 가득한 환경에서 마음을 줄 만하면 고국으로 떠나는 친구들. 혹은 내가 먼저 떠나기도 하면

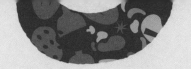

서, 마음을 나누고, 또 채워줄 그 무언가를 끊임없이 찾다가 연애도
그렇게 시작되었던 것 같다.

그 텅 빈 마음을 사랑으로 채우길 원했던 것 같다.

연애에 대해서, 사랑과 결혼에 대해서 줄곧 이야기해왔지만, 사실
나는 결혼 전 연애 능력치가 평균보다 현저히 떨어지는 사람이었다.
나는 늘 버림받을까 두려웠다. 사랑하기 때문에, 그래서 상처를 허
용했다. 그러면 안 된다는 것을 아무도 알려주지 않았다. 사랑한다
고 해서 상처를 허락하면 안 된다는 것을 그땐 몰랐다. 단순히 버림

받고 싶지 않아서 나를 쏟아붓고 또 쏟아부었는데 상대가 어떤 그릇을 가지고 있는지, 속도가 어떤지 고려하지 않고 그저 열심히 쏟아부으면 되는 줄 알았다. 그저 열심히 받아주면 되는 줄 알았다. 상대가 주는 그것이 쓰레기라고 해도.

서른여섯이 된 지금, 7년 전 서른을 앞둔 나에게 해주고 싶은 말은 이것이다. 버림받아도 괜찮다고, 아픈 게 끔찍이 싫어도 지나놓고 나니 아파도 괜찮다고, 너는 충분히 강한 아이니까 다시 일어나서 뛸 수 있다고, 열심히 사랑하는 것을 멈추지 말되 상대의 그릇만큼, 상대의 속도에 맞게 줄 수 있는 지혜를 기르라고. 너는 정말 사랑이 많은 아이라고, 잘하고 있다고.

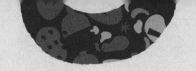

'혹시나'를 외치며 또 바보같이 홀라당 넘어가는 내 자신에게, 고작 상처받고 싶지 않았던 것이 꿈이었던 지난날의 눈물을 털어내고자 한 편 한 편 브런치에 올리게 되었다. 솔직해서일까, 진지해서일까. 그 모든 마음 일기가 구독자들로부터 많은 공감을 얻게 되었고, 마침내 책으로 출간되기에 이르렀다.

이 책은 단순한 연애지침서가 아니다. 마음이 아픈 언니들에게 보내는 위로와 공감이다.

지나놓고 나니까 괜찮아요.

다만 사랑하는 것을 포기하지 마세요.

목 차

Chapter 1

더는 상처받고 싶지 않은 언니에게

남자들은 왜 그래?

'스더언니, 데이트도 좋았고, 분명 에프터도 받았거든요. 그런데 왜 평상시에는 연락이 없는 걸까요?'

나의 블로그 이웃과 독자들이 보내는 질문의 90%는 '연락 없는 남자'에 대해서다.

참 아이러니하다. 보통 이렇게 질문을 보내시는 언니들을 살펴보면 혼자서 밥도 잘 먹고, 친구들과 잘 만나고, 일에 열중하고, 혼자 살면서 느낄 수 있는 소소한 행복을 만끽하며 지내다가도, 한번 아닌 사람에게는 철벽을 잘 치는, 그러니까 어디 하나 빠지지 않는 진취적이고 멋진 현대 여성 그 자체인데, 다만 '이 사람이다'라는 생각이 들면, 쉽게 마음을 열고, 적극적으로 대시하고, 적극적으로 표현하고, 밀당'만' 못하는 능력 많은 곰탱이일 뿐이다.

사실, 나 역시 온갖 연애 이야기를 쓰는 사람이면서도, 연애 실전은 늘 엉망진창이었다. 늘 철벽을 치다가 오랜만에 설렘을 느낀 적이 있다. 겸손하고 차분한 태도와 더불어, 평생 몸에 밴 '진짜' 매너. 그런 그가 나에게 저녁을 먹자고 했을 때 '옳다구나!' 싶었다. 나는 그의 스케줄이 얼마나 빼곡한지 알기 때문에, 그가 나에게 따로 밥을 먹자는 것은 분명 데이트라고, 호감의 표시라고 생각했다. 그리고 분명 좋았다. 그와 나는 식사를 하고 많은 이야기를 하며 웃었고, 그는 나에게 이달이 지나가기 전, 꼭 커피를 마시자고 했다. 그러나 커피를 마시자는 그에게서, 그날을 기대한다는 그에게서 아무런 연락이 없었다. 나는 기다리고 또 기다리다가, 그의 결혼 소식을 SNS를 통해서야 알게 되었다.

정말 열받는다. 사실 이런 일이 한 번은 아니었다. 분명 서로 적당한 호감을 가지고 시작을 했는데, 더 적극적이지 않은 그에게는 숨겨둔 아이가 있기도 했으며, 분명 결혼할 연인이 있음에도 불구하고 그게 무슨 대수냐며 나에게 뻔뻔하게 다가왔던 사람도 있었다. 먼저 사귀자고 해놓고 갑자기 연락이 두절되는 사람도 있질 않나.

그저, 그렇게 스쳐 가는 인연이 될 거면서, 왜 호구 같은 나의 마음을 갈기갈기 찢어놓고,

꼭, 그렇게 간을 보는 건지.

마음을 달래서 줬는데, 왜 그냥 먹고 땡, 하고 가는 건지.

도대체 왜 그런 건데?

따뜻한 남자를 찾습니다

너무 열심히, 경쟁하며 치열하게 사는 것 말고, 삶의 여유를 알고, 길거리 떡볶이나 지나가는 어린아이의 미소와 같은 사소함에도 행복을 발견하는 남자.

꿈이 뭐냐고 물었을 때, 직업이나 눈에 보이는 업적이 아닌, 매일매일 어떠한 사람이 되어가는 것을 말하는 남자. 그래서 지금 죽어도 억울하지 않은 남자.

있으면 있는 대로, 없으면 없는 대로. 그렇게 늘 감사할 줄 아는 남자.

"너만 볼게, 너만 사랑해"라는 말 같이 그럴듯한 거짓으로 날 흔드는 남자보다, 조금은 어설퍼도 "이따가 연락할게"라는 말을 꼬박 지키는 남자.

옳고 그름으로 판단하거나 해결책을 던져주기보다, 먼저 공감할 줄 아는 따뜻한 남자.

당장의 진심을 약속처럼 함부로 시도 때도 없이 뱉는 남자보다, 전심이 될 때까지 꼭 참아왔다가 어느 순간, 터지듯 불현듯 말해주는 남자.

경비 아저씨와 인사하고, 청소하는 아주머니 손을 보고도 존경할 줄 아는 겸손한 남자.

그렇게 성격이나 능력이 아닌, 인격을 갖춘 남자.

사람은 부족하다고 느껴야 조심하며 상대방을 배려할 수 있으며, 그렇게 같이 성장해가는 것이 옳다고 믿는데, 과거에 만났던 많은 남자들은 '나 정도면 괜찮지'라는 생각을 가지고 있었다. 당장 마음을 사기 위해 이런저런 달콤한 말로 달려드는 남자. 어느 순간부터 정말 신물이 난다. 각자의 인생을 나누고, 마음을 나눌 수 있을 만큼의 성숙한 사람을 만나는 것. 왜 날이 갈수록 힘이 드는 것일까?

이게 뭐라고, 이렇게나 어려울 일인가?

결혼, 그 망할 놈의 결혼이 대체 뭐길래

2000년부터 계속 떠돌아다녔다.

"엄마, 우리 언제 한국 가?"라고 물어보던 나였는데.

스무 밤만 더 자면 한국에 갈 수 있다며 설레하며 일찌감치 짐을 싸던 단발머리 중학생인 나는 이제 없다.

인천공항에 발을 딛는 순간부터, 지나가는 사람과 부딪히면 "Sorry"라는 말이 먼저 튀어나오는 내 모습. 모두가 한국말을 쓰는 환경이 당연한 일인데도, 나는 그게 이상하게 느껴진다. 점점 한국에 올 일은 없다고 생각했다. 어차피 가족 모두가 외국에 거주하고 있고, 나의 집도, 나의 마음도 이미 '상하이'에 있으니까. 재미있게 하루하루를 지내는 지금의 삶. 사소한 모든 것에 행복한 의미를 부여할 수 있는 지금의 내가 좋다. 게다가 지금 나에게는 내가 돌봐야 할 고양이가 있고, 식물이 있다. 적당히 외롭긴 해도, 인생 뭐 있나. 누구나 외로운 건 마찬가지이니까.

그런데 내가 한국에 정말 들어오기 싫었던 이유 중 가장 큰 이유는 나이도 꽤 있는데 결혼도 하지 않고 좋지 않은 일들을 겪어가면서까지 굳이 해외에서 공부를 하고 있는 나의 모습을 친척들에게 보여주기가 민망해서다.

그러던 어느 날, 내가 아는 그녀와 그가 결혼을 한다고 한다. 프랑스 릴에서 만난 그녀는 누구보다 유쾌하고 털털하지만, 새초롬하고 여리하며 생글생글 눈웃음이 예뻐서 늘 인기가 많았다. 인도 뭄바이에서 만난 그는 188cm의 훤칠하고 능력 많은 호탕한 경상도 상남자인지라 그의 주변에는 늘 미녀들이 많았다. 카톡 리스트를 가만히 들여다보다가 둘이 왠지 잘 어울린다는 생각을 하게 되었고, "소개팅할래?"라는 한마디로 그녀와 그는 만난 당일부터 사귀더니 결혼까지 하게 되었다. 감사하다는 뜻으로 그들은 나에게 비행기 티켓을 보내주었고, 나는 부랴부랴 한국에 오게 되었다.

"서로의 부족함을 채워주며 평생 이 사람만을 사랑하겠습니까?" 라는 그들의 결혼 서약에 한껏 박수를 쳐주며 눈물을 흘렸다. 그들을 보며 한국에 오길 참 잘했다는 생각을 하게 되었다. 하지만 나의 예상대로 친척들과 어른들은 나를 보자마자 질문을 해댔다.

"왜 한국에 왔니?"

"여차저차 해서 한국에 왔어요"라는 대답이 끝날 때,

"너나 잘하지"라는 대답까지도 나의 예상과 딱 들어맞았다. 선 자리도 기다렸다는 듯이 들어왔다.

결혼이 뭘래.

추석을 맞이하여 음식을 준비하는 이모를 도와서 물에 불린 땅콩 껍질을 도란도란 까는데 보통 손이 많이 가는 게 아니다. 손가락 끝이 퉁퉁 불어 지문이 다 쪼그라졌다. 그런데도 하룻밤에 다 끝내지 못하여 그다음 날도 같이 까야만 했다. 지금까지도 타자를 치는 나의 손끝이 아리다.

"이모, 땅콩으로 뭐하시게요?"

"시아버지가 땅콩죽을 참 좋아하셔."

"저는 이래서 결혼하기 싫어져요. 나는 지금도 엄마 아버지 밥상을 제대로 차려드릴 수가 없는데, 이모는 이런 걸 명절마다 하는 거 잖아요. 이렇게 수고스러운데, 결과는 고작 죽 한 그릇이라니. 이게 이렇게 고생스러운지 시아버지는 모르시는 거잖아요. 결혼은 정말 집안과 집안이 만나는 거라던데. 이게 그런 거네요."

"그래도 결혼은 하는 게 좋아."

결혼이 뭐길래.

사실, 나에게도 결혼하자는 남자가 여럿 있었다. 파리 노트르담 앞에서 마치 영화처럼, 운명적으로 만났던 그는 돈이 아주 많은 사업가였고, 이제껏 자신은 한 번도 자신에게 온 행운을 알아보지 못한 적이 없다며 만난 지 사흘 만에 프러포즈를 했다. 그는 내가 있는 곳이 어디든 아무렇지 않게 나를 방문하였다. 하지만 휴가 때 그의 전용기를 타고 캐나다에서 라스베이거스까지 같이 가자는 그의 제안이 이루어지기 전에 우리는 헤어졌다.

"늘 따뜻하게, 행복하게 해줄게" 하며 다가오던 십년지기 친구. '이 정도면 됐다'라고 생각했고, 드레스는 물론이며 신혼집에 페인트칠까지 마쳤고 혼수도 장만하였지만, 결국은 끔찍한 상처를 안고 헤어져야만 했다. 이제는 너무나 지쳤다고 생각이 들 때, 다시 어떤 남자는 만난 지 얼마 되지 않아서 하와이에서 결혼하자는 말을 꺼냈다. 나는 또 바보같이 그 달콤한 말에 설렜지만, 역시나 그도 결국 스쳐 가는 인연이 되었다.

지금 나는, 아무런 기대도, 아무런 약속도 믿지 않는다. 너덜너덜이 더 맞는 표현일지도 모른다. 그래서 어쩌면 결혼이라는 게 내 인생이 아닐지도 모른다며 포기한 게 나에게는 당연할 수도 있다. 나는 이제 '뜨거운 것'이라면 질색을 한다. 뜨거운 것은 잠시지만, 따뜻함은 오래간다.

그러나,

내일 당장 저 큰 짐들을 이끌고 낑낑거리며 텅 빈 집에 스위치를 켤 때.

아무리 씩씩하게 다니더라도, 가끔 혼자 위험한 일을 당할 때,

아직도 길을 못 찾고 우리 집 근처를 뱅뱅 맴돌 때,

실컷 장을 보고 양손 가득 비닐봉지를 들고 너무 무거워서 몇 번이나 내려놓았다가 들었다가를 반복할 때,

반찬을 한껏 만들었는데 혼자 다 먹기가 버거울 때,

깻잎무침을 먹는데 두 장이 같이 올라와서 누군가 한 장을 가져가 주었으면 할 때,

김장을 하고 금방 만든 김치를 내가 아닌 다른 사람이 함께 맛보아 주었으면 할 때,

침대에 누워 한동안 잠이 오질 않아 눈만 꿈벅거릴 때,

화장을 마치고 거울에 비친 내 모습이 예뻐 보이는데, 점점 이럴
날이 머지않았다고 느껴질 때,

같이 손잡고 걸어가시는 노부부의 뒷모습이 너무나 아름다워 보
일 때,

피아노를 칠 때 옆에서 누군가 함께 흥얼거려주었으면 할 때,

저 멀리서 늙어가시는 부모님에게 효도라는 걸 하고 싶을 때,

아내로서, 엄마로서, 자신이 속해야 할 곳이 어딘지 너무나 잘 인
식하며 그렇게 살아가는 친구들을 볼 때,

그 모습이 너무 행복해 보이고 예뻐 보일 때,

나는 또 그 망할 놈의 결혼이 하고 싶어질지 모른다.

결혼, 정말 그게 뭐길래.

한 사람만을 평생 사랑할 수 있을까?

예쁜 옷을 입고, 그날따라 유난히 화장이 잘 먹어 귀여운 척, 온갖 예쁜 척을 하며 사진을 찍고 만족할만한 결과물 하나를 (겨우) 건지며, '아직 나 괜찮네'라는 생각을 하는 것도 잠시, 아침에 일어나 눈곱이 잔뜩 낀 채로 거울을 보면, 미간 사이의 주름과 눈가의 주름이 어제보다 더욱 선명해진 것 같은 느낌적인 느낌이 든다. 그래, 이젠 빼도 박도 못하는 서른의 여자 사람이다. 불과 10여 년 전만 해도 서른의 김삼순은 노처녀로 불렸는데, 어느새 내가 그 나이라니.

'나 아직 어려!'라고 발악(?)하기엔, 나도 나이가 들어가나 보다. 상하이에서 가장 화려하고 럭셔리한 동네 '신천지'에 살면서도, 모든 핫한 클럽이 집에서 걸어갈 수 있는 거리에 있음에도 시큰둥해 졌으며, 딱 봐도 파릇파릇한 언니들이 조그마한 천 쪼가리만 걸치고 핼러윈 파티에 참여하기 위해 서성이고 있는 것을 보는데, '아이고, 춥겠다'라는 생각밖에 들지 않는다. 나는 슬리퍼를 질질 끌며 후드 점퍼를 단디 여미며 캔맥주와 나초가 담긴 봉지를 딸랑거리며 그 앞을 유유히 지나갔다.

그때 나는 인정하기로 하였다. 나는 이제 저들을 따라갈 수 없음을. 저들의 미모, 저들의 체력, 저들의 열정, 저들의 생기를.

사실 젊음을 놓아주는 연습을 언제부터인가부터 하게 되었는데, 예뻐지기보다 아름다워지기로 결심하였고, 아는 게 많은 것보다는 성숙하고 지혜롭기를 바라고, 안정적인 삶을 추구하기보다는 마음을 다스릴 줄 아는 온전한 사람으로 되길 바라게 되었다. 젊음이란, 열정이란, 감정이란, 어차피 뜨거운 것이고, 그것은 지나가는 '순간' 임을 깨닫게 되었기 때문이다.

'이 사람만을 영원히 사랑할 거야'라는 감정은 헤어지고 나면 어떻게든 바래고 무뎌지게 되며, 어릴 때 내가 그토록 중요하게 여겼던 '필(Feel)'도, 지나놓고 나면 아무것도 아닐 때가 더 많았으며, '사랑'이라는 달콤한 감정보다 그 뒤에 숨겨진 헌신이 더 현실적으로 다가오게 되는 것도, 어른들이 '콩깍지 끼었을 때 빨리 시집가야 해'라는 말이 너무나 수긍이 된다는 것도. 그렇게 모두 나이가 들며 알게 된 것이다.

어쩌면 결혼이란, 상대의 지질함을 극복해 나가는 현실의 연속이 아닐까 싶다. 소파 위에 가만히 누워 과자 부스러기를 잔뜩 쏟아부으며 먹는 그 모습을 보는 순간도, 소파 위에 뒤집어진 양말을 발굴해 내면서도, 갓 만든 반찬을 침 바른 젓가락으로 내내 휘적이며 먹는 버릇을 알면서도, 변기 뚜껑에 잔뜩 묻은 오줌 자국을 말없이 닦아내면서도, 다음 날 아침에서야 냉장고 문이 밤새 열려 있었음을 발견하면서도, 오늘은 네가 아이를 맡아주니 많이 싸우면서도, 모처럼의 휴일에 오후 늦게까지 잠만 처자는 모습을 보면서도, 아이의 학교 상담에 홀로 가야 할 때도, 그 모든 순간이 짜증이 나도 끝까지 사랑을 '선택'하며, 그의 부족한 옆을 채워주겠다는 결심이 결혼이 아닐까?

그래, 나는 이제 뜨거운 사랑을 하지 못할 수도 있다. 그러나 나는 이것이 슬프지 않다.

나는 나의 순간적인 감정을 믿지 않고 조심하며, 화가 나고 싸우는 그 순간에도 이 사람을 끝까지 놓지 않으며, 그렇게 잠잠하게 같이 늙어가는 선택을 매일 할 수 있는 사람이 되고 싶다.

그런 따뜻한 사람이 되고 싶다.

확신을 쉽게 가지지 말 것,
확신이 틀릴 수도 있더이다

나는 쉽게 확신하고, 쉽게 결정하고, 쉽게 밀어붙이는 스타일이다. 뭐 하나에 꽂히면 꼭 그것만 한다.

공부도 이 악물고 해본 적이 있었고, 인생이 내 계획대로 다 풀릴 줄로만 알았다. 똑똑하다는 소리를 많이 들어서 나는 내가 정말 그런 줄 알았다.

스물다섯, 그리하여 나에게 결혼하자고 했던 그에게 쉽게 확신을 느꼈다. 이만하면 됐다고 판단했다. 십 년을 알았던 그와 나에게는 학교와 친구, 취미라는 공통분모가 있었고, 결혼이란 이 정도면 충분하다고 생각했다. 계획한 대로, 비슷한 환경을 가진 사람끼리의 미래를 어느 정도는 예상할 수 있으니까 말이다.

그러나 변수가 생겼다. 내가 몸이 아프게 되었다. 더군다나 자신의 아드님이 최고라는 그의 어머니는 아침마다 - 늘 출근 시간에 - 회사 전화로 나에게 전화를 걸어 내가 얼마나 그에게 부족한 사람인지에 대한 설명을 한참이나 늘어놓으며 헤어지라는 말을 했다. 이런저런 스트레스를 받으니 몸에 멍울이 여기저기 잡히기 시작했다. 결혼 준비를 한창 하는 도중 나는 일을 그만두게 되었고, 이왕 이렇게 된 것, 장거리 연애를 그만두고 그가 있는 곳에서 구직을 해야겠다고 생각했다.

그러나 또 변수가 생겼다. 몸은 다행히 좋아졌지만, 일이 구해지지 않았다. 드레스도 샀고, 상견례, 예식장 예약, 신혼집 페인트칠, 혼수, 예단, 청첩장에 들어갈 편지 문구, 주례를 부탁할 목사님까지도, 이 모든 것을 다 준비했는데, 그가 결혼을 미루자고 했다. 그것도 네 번씩이나. 그때마다 몇 번이나 예약금을 날리는 것은 그렇다 치고 외국에 사는 부모님과 오빠는 몇 번이나 한국에 와야 했으며,

언제 결혼하냐고 묻는 나의 (또 그의) 친구들에게 매번 날짜를 다르게 말하였다. 축의금을 미리 주시는 어른들에게도, 주례를 부탁드린 목사님에게도, 정말이지 너무나 못할 짓이었다. 그러나 이렇게 곤란한 상황이 오면 나는 항상 그를 변호하기 바빴다. 늘 혼자가 되었다. 왜 미루려고 하는지 정확한 이유도 모른 채 말이다.

"엄마 아버지, 이번에는 한국에 잠깐만 오래 머물다 가셔요. 걱정하지 마, 그에게 잠깐 일이 생겼나 봐. 다른 날 잡아볼게."

정말 면목이 없었다. 수원 어느 예식장에서 네 번째 날짜를 정하려는데, 또 그가 미적거렸다. 화가 머리끝까지 났다.

"도대체 뭐 때문에 그러는 거야?!"

나는 예식장 대로변에서 고래고래 소리를 질렀다.

그가 마침내 말했다.

"네가 일을 안 구해서… 음… 모르겠어. 돈을 벌면 다시 매력적으로 보일 것 같아."

그는 정말 이렇게 말했다.

"그래도 결혼하자고 했던 것, 사랑한다고 했던 것. 그때엔 진심이었어."

그의 마지막 말이었다. 나의 모든 확신이 무너져내는 순간이었다. 똑똑한 줄 알았던 나는 천하의 호구였으며 등신이었다. 그를 알았던 10년의 시간이 무의미해졌으며, 예단을 돌려주지 못하겠다는 그에게 더 이상 따질 힘도 남지 않았다.

나는 그에게 내가 원하는 사랑을 강요하였다. 그에게 '좋을 때나 나쁠 때나 평생 이 사람과 함께 하겠습니다'라는 약속을 기대하였다. 그러나 그에게 확신이란, 그에게 사랑이란, 내가 상태가 좋을 때만 유효했던 것이었다. 결혼에 대한 서로의 온도 차이를 인정하지 않은 채 그와 나는 쉽게 확신을 가졌다.

나는 그 후 세상과 연락을 끊고 잠수를 택했다. 죽고 싶은 나날들을 견디고 또 견디어, 한참이 지나서야 다시 세상에 나왔다. 상하이에서 꽤 자리를 잡고 열심히 살고 있었다. 예전처럼 밝게, 원래의 나처럼 말이다. 그러던 어느 날, 익숙한 이름으로 나에게 메일 한 통이 왔다. 미안하다는 메일 속에는 다시 시작해보면 안 될까? 라는 약간의 기대도 가지는 듯 보였다. 그리고 어떻게 알았는지, 나의 블로그에 그가 자주 다녀간 흔적이 보이기 시작했다.

이후로 나는 사람들을 경계하게 되었다. 나를 만난 지 얼마 되지 않아 결혼을 마음먹었다고, 자신의 돌아가신 할머니의 유품을 주기도 하며, 혹은 결혼식은 하와이에서 하자며, 혹은 나와 결혼을 하고 앞으로의 구체적인 미래들을 PPT로까지 만들어 제시하며 나와의 결혼을 설득하던 사람들, 나는 생각도 안 하는데, 자신에겐 확신이 있다며 다가오는 사람들을. 내가 현재 그런 남자들에게 '병신'이라는 과격한 표현을 쓸 수밖에 없는 지난 이유가 생겼다. 확신이란, 그리하여 신중해야 한다는 것을. 감정을 넘어선 헌신과 아픔을 함께 하겠다는 의지가 서로 있어야 한다는 것을, 이제는 알겠다. 서른이 넘어서야 알게 된 것이다.

언니들, 그래서 너무 뜨거운 남자를 조심하라는 겁니다.

언제든지 마음을 접을 준비

정말 행복할 때에도,
가장 불행한 상황을 상상해보곤 한다.

지금도 나만 보면 좋아죽는 고양이가 어느 날 떠나는 상상,
반찬이 맛이 없다고 잔뜩 투정을 부릴 수 있는 엄마가 없다는
상상,
말도 없이 버스정류장에서 하염없이 나를 기다리는 아버지를 더

이상은 볼 수 없다는 상상,

   이렇게나 보고 싶고 사랑하는 너에게 다른 여자가 있다는 사실을

알게 돼버리는 상상.

   상상만으로도 하나하나 견딜 수 없는데,

   정말 슬픈 것은,

   나는, 이렇게나마 아픔을 미리 연습해놔야,

   내게 예고되지 않은 슬픔이 찾아왔을 때 덤덤하게 이겨낼 수 있

다는 것이다.

   언제든 마음을 접을 준비.

   언제든 이별을 받아들일 준비.

   그래야 내가 덜 아프니까.

   그나마, 직접 마주했을 때,

   겨우 살만하니까.

   오늘도 불행을 한켠에 몰아놓고,

   차마 버리지 못하는 내 맘을,

   너는, 알까.

행복이 소원이 아니라,

많이 아프지 않는 것이 나의 소원이라는 것을,

너는, 알까.

늘 웃는 얼굴 뒤에 애써 숨겨진 상한 마음을,

당신은, 사람들은,

알까.

사랑, 지나고 나면
아무것도 아닐 마음의 사치

사랑하고 있어도,

마음을 전부 쏟지는 못한다.

보고 싶고, 함께이고 싶은 마음이 크지만,

이내 다른 것에 집중할 수 있는 스킬이 늘었다.

이 사람이면 좋겠다는 생각을 하지만,

아닐 수도 있다는 생각 한 뼘 정도,
구석에 조용히 접혀 있다.

혼자일 때,
너로 가득했던 나의 일상을 훌훌 털어내고,
온전히 나의 것으로 다시 채운다.

사랑이 또 와도,
또 가도.

어차피 지나고 나면 아무것도 아닐 마음의 사치일 뿐이라는 것을.
어제의 인생을 통해 알게 되었지 않은가.

그렇다고,
너를 사랑하지 않는 것은 아니다.

다만,
나의 영혼 한 자락쯤은,
여기 눈에 닿을만한 곳에 두고,
없어지지 않게,

다치지 않게,

잊지 않고 보살펴야 한다는 것을 배웠을 뿐이니까.

남들은 다 잘하는데
나만 못하는 것

남 소개팅은 그렇게나 잘해주면서, 미팅 주선은 꼭 내가 하면서도, "소개팅 해줄까?"라는 친구들이 주위에 있어도 정작 이제껏 한 번도 해본 적 없는 나. 연애라면 이제 너무 지쳤다고. 지금은 남자를 만날 때가 아니라고. 조금이라도 마음을 주면 금세 달아나는 남자들을 더 이상은 믿을 수가 없다고. 그렇게 변명만을 늘어놓는 나였다.

그러나 사실 나는 어쩌면 누구보다도 더 예쁜 사랑을 꿈꾸고 있는 건지 모른다. 다정한 눈빛으로 쳐다봐주고, 이따가 전화한다는 약속을 꼭 지키며, 길에서 수레를 끄는 할아버지 뒤를 같이 몰래 밀어주고, 아무 날이 아니더라도 꽃을 선물해주고 (그러고 보니 나는 지금껏 남자에게 꽃을 받은 적이 한 번도 없다.) 삼청동 한적한 골목을 아무 말 없이 나란히 걸어도 어색하지 않은, 차에서 나오는 음악을 나와 같이 흥얼거릴 수 있는, 잔인한 장면이나 깜짝 놀라게 하는 영화를 볼 때 호들갑 떨며 몸을 움츠리는 나를 알고 미리 내 눈을 가려주고, 힘든 날엔 아무것도 묻지 않고 토닥여주고, 떡볶이 국물에 내가 좋아하는 순대 허파를 콕 찍어주고, 나의 고양이가 제일 좋아하는 간식을 사다 주는, 그런 별거 아닌 것들.

더 솔직하게 말하자면 연애를 하고 싶지 않은 것이 아니라, 또 헤어져야 하는 연애를 하고 싶지 않은 것이다. 이렇게 내가 마음에 담아오고 꿈꾸는 소소한 행복함을, 함께 누리는 것이, 왜 나에게는 이렇게나 힘겨운 것인지. 왜 항상 끝에는 이별이 있는 건지.

나는 그것이 너무나 무서워서 시작도 하기 전에 좋은 사람이 내 앞에 나타나도, 자꾸 도망만 치게 되는 것 같다. 이 사람과의 인연도, 내가 더 좋아하게 되면 그렇게 끝이 있을까 봐.

🌿 더는 상처받고 싶지 않은 언니에게

이젠 정말
좋은 남자를 만나고 싶다

남 주기엔 아깝고, 내가 갖기엔 부담스러운. 생각보다 많은 남자들이 가진 못된 마음이랄까. 처음엔 온갖 예쁜 말로 나를 꼬셔놓고는, 세상 나밖에 없는 것처럼 열심히 구애를 하고 나에게만 평생 처음 이렇게나 뜨거운 것처럼 굴어놓고는, 결국 마음을 주면 연락도 잘 안 되고, 예전과 다르게 부쩍 짜증을 나에게 풀고. 내가 최고일 때는 언제이고 나를 막 대하고 무시하는 듯한 태도나 말투가 은연중 드러나게 된다.

그동안의 경험 때문인지, '역시 너도 마찬가지구나' 하고 천천히 마음을 접으려 한다. 그로 채워나가던 마음을 다시 나의 것으로 돌려놓으면 될 뿐이다. 친구들을 열심히 만나고, 문화생활을 열심히 하고, 연락이 오든 말든 상관없이 지내다 보면 어느샌가 또 연락이 와있다.

애써 잡아둔 마음이 흔들리려고 한다. 아니, 흔들린다.

정말이지, 이제는 진심을 마구 뱉지만, 전심을 주지 않는 남자를 만나고 싶지 않다.
나보다 예쁜 사람을 만나면, 나보다 매력적인 사람을 만나면, 언제든지 나는 또 뒤에 버려질 테니까.

다만, 늘 감사를 기억하는 사람을 만나고 싶다. 감사함을 가득 표현할 줄 아는 사람이면 더욱 좋겠지만, 적어도 나를 부를 때 따뜻함이 느껴지는 그런 사람. 내가 힘들다고 했을 때, 모르는 척하지 않는 사람. 나의 존재를 함부로 대하지 않는 사람. 잠자리 뒤에도 끝까지 따뜻하게 안아주는 사람, "이따가 연락할게"라는 작은 약속을 지키는 사람. 혹시 지키지 못한다 하더라도, 상황을 변명이 아닌 진심으로 먼저 미안해할 수 있는 사람. 그렇게 말이 아닌 행동이 진실한 사람.

이제는 제발 그런 사람을 만나고 싶다.

유리구슬과도 같은
당신

상처가 많은 사람은 유리구슬과도 같다. 아픈 경험이 많아서 공감을 잘하고 살짝만 건드려도 또르르 굴러가는데, 반응이 많아서인지 보는 각도에 따라 다르게 보여 영롱하게 맑기도 맑고, 그만큼 깨지기도 쉽다.

참 매력적이다. 그런데 하필 그걸 꼭 나쁜 남자들이 건드린다. 또다시 달콤한 말로 나를 건드릴 때,

'이 남자가 이해해 주는구나'라는 기대가 심어지고, 이내 다시 처참히 부서진다.

이제는 나를 알아주는 '말'에 기대지 않았으면 좋겠다. 나를 온전히 이해해 줄 수 있는 사람은 이 세상에 단 한 사람도 없으니까. 부모도, 친구도, 나를 다 알아주지 못하니까.

다만, 유리구슬과도 같은 당신을 만지는 데에만 관심을 가지는 것이 아닌, 보는 데에만 관심을 가지는 것이 아닌, 끝까지 곁에 있어주는 사람. 표현이 조금은 투박해도, 내가 생각했던 것만큼 멋있지 않아도, 그저 묵묵하게 옆을 지켜주는 사람. 달콤한 말은 안 해도, 잠잠히 들어주는 사람. 그 사람은 당신을 진정 사랑하는 사람이다. 그런 소중한 사람에게 나의 외로움과 나의 결핍을 다 보여주지 않았으면 좋겠다. 나의 바닥을 이해해달라고 강요하지 않았으면 좋겠다. 당신이 깨지기 쉬운 유리구슬이듯이, 그 사람도 소중하게, 조심하게 다뤄줬으면 좋겠다.

사랑은 소중한 것이니까.
그렇게 소중한 것은 서로 조심히 지켜나가야 하니까.

이런 남자 만나지 마세요

서른. 누구를 만남에 있어 신중할 나이, 에너지도 시간도 낭비할 수 없는 나이, 바보처럼 남자만 바라볼 수 없는 나이, 내 인생이 사랑보다 중요한 나이이다. 과반수가 넘는 친구들이 결혼을 했고, 그들의 SNS를 보고 있으면 내가 스토리를 보고 있는 건지 육아 스토리를 보고 있는 건지 모를 지경이다. 일상의 전부가 가족이 되어버린 그들과 나의 모습은 다르지만, 나의 인생을 더 당당히 찾아가는 그런 나이, 서른이다.

감사하게도 요즘 같은 백세 시대에 서른이라는 나이는 노처녀가 아닌 여전히 매력적일 수 있는 나이이며, 청춘이라고 불릴 수 있는 나이이며, 적당한 아픔과 고통을 통해 인생이 무엇인지 조금은 더 알게 된 그런 나이다.

이야기를 시작하기에 앞서, 한 가지 짚고 넘어가야 할 사실이 있다. 그것은 세상에 '돈 많고 잘 생기고 키 크고 인격이 훌륭한데 나만 바라보는 남자는 이 세상에 존재하지 않는다'라는 사실이다. 그런 남자는 드라마에서만 나온다. 외형적인 요인 - 능력, 배경, 외모, 성격이 - 10점 만점에 9점이라면, 내면적인 요인은 - 성격이 아닌 인격, 가치관, 자신이 정의하는 성공의 기준 등 - 2~3점일 가능성이 크다. 외형과 내면이 동시에 아름답기는 낙타가 바늘귀를 통과하는 것만큼이나 어려운 일이며, 인생에서 고통이나 실패를 겪고 끊임없는 자기 성찰을 하지 않으면 거의 불가능에 가까운 일이다.

① 어느 순간 연락을 잘 안 하는 남자

피해야 할 남자의 대표적인 사인이다. 처음 연락을 미친 듯이 하고 온갖 달콤한 말을 하고 온갖 예쁜 짓으로 마음을 사는 남자일수록 더더욱 거리를 두어야 한다. 나르시시스트의 러브바밍(love bombing: 새로운 관계에서 상대방에게 지나치게 로맨틱한 선물을 주거나, 매우 극단적인 칭찬과 애정 어린 메시지로 구애하며 상대방을 확실히 사로잡으려는 것)일 가능성이 크기 때문이다.

나 같은 경우에는, 만난 지 얼마 되지 않아 값비싼 선물 공세, 나와 꿈꾸는 결혼식의 풍경, 급기야 할머니의 유품까지 주면서 '너는 나의 짝이다'라는 등 아낌없는 애정 표현으로 정신을 차리지 못할 지경이었다. 처음엔 매우 로맨틱하고 행복한 경험이었으나, 이 기간이 끝나자 지옥을 겪게 되었다. 분명 다음 주에 부모님을 뵙자고 했는데 연락이 없었다. 놀러 가자고 해서 휴가를 냈는데, 그러고서는 연락이 끊겼다. 나중이 되어서야 겨우 연락이 닿았는데, 정신없이 바빴다는 이야기를 했다. 나도 직장생활을 해보았기 때문에 정말 바쁘면 하루 종일 연락이 안 될 수 있는 것쯤은 이해할 수 있다. 그러나 최소한 '바쁠 것이다'라는 말은 해줘야지. 최소한 잠자기 전에라도 간단한 연락 정도는 해줄 수 있지 않은가?

여기서 정의하는 연락을 잘 안 하는 남자들의 특징은 '연락할게'라고 해놓고 연락을 안 하는 사람들이다. 그 말에 하루 종일 휴대폰을 붙잡고 기다리는 여자의 마음 따위는 배려하지 않기 때문에 더 화가 난다.

그리고 알게 되었다. 순식간에 뜨거워지는 남자일수록 사랑하는 방법을 잘 모른다는 것을. 자신이 사랑하는 방식을 여자에게 강요하기 때문이다. 그것은 자신이 사랑에 빠져 있는 그 상태와 감정을 사랑하는 것이지, 당신을 사랑하는 것이 아니다. 그런 사람은 상대보다 자신을 더 사랑하는 사람이다.

바쁘다는 핑계로 나에게 이해를 강요하는 남자는 만나지 말자. 배려할 줄 아는 남자는 아무리 바빠도 자신이 사랑하는 여자의 마음을 무시하지 않기 때문이다. 정말 너무나 바빠서 당신을 굶기지 않을 정도로 능력이 있을 수 있다. 하지만 이런 남자와 함께한다면, 당신의 외로움은 남들보다 배가 될 것이다. 혹시나 나의 문자가 바쁜 그의 업무에 방해가 될까 봐 그렇게 일주일 동안, 혹은 한 달이 되도록 아무 연락이 없는 남자를 기다려보았는가? 그렇게 누군가를 기다리게 한 남자라면 당신은 나를 욕할 자격이 없다.

② 외모를 계속 지적하는 남자

이 사람은 대체로 가진 것에서 만족하지 못하고 끊임없이 비교하는 경향이 있을 확률이 크다. 열등감이 많아서 연인의 외모나 성과를 통하여 자신이 남들보다 더 나은 사람이라는 것을 느끼고 싶어서일 것이다. 실제로 키가 나보다 작았던 전 남자 친구는 지금껏 누구도 권하지 않았던 성형수술을 나에게 권하며 외모 지적을 했었는데, 지금 생각해보면 본인의 외모 콤플렉스를 나를 이용하여 자신이 다른 사람들보다 더 나은 존재라는 것을 인식하고자 하는 이기적인 행동이었던 것 같다. 외모뿐 아니라 또 다른 이유로 계속 나를 부족한 사람(일명 후려치기)으로 몰아가며 못살게 굴었는데, 그의 말은 언제나 '너의 발전을 위해서 그렇다'라고 하지만 결국 나를 통하여 결국 자신의 우월성을 강조하고자 하였던 것뿐이었다. 우스갯소리로 한두 번이면 모를까, 계속 당신에게 성형을 강요하고 외모를 지적하는 사람이라면, 당신의 진정한 아름다움을 인정하지 않고 당신으로 평생 만족하지 못할 것이다. 당신의 진정한 아름다움을 보지 못하는 남자를 만나지 않기를 바랄 뿐이다.

③ 너무 자신만만한 사람

'나 정도면 괜찮지'라는 생각을 가진 남자가 있다. 이것이 허풍까지는 아니더라도, 거짓말은 아니더라도, 자신이 가진 것 혹은 자기 자신에 대해서 계속 상대에게 어필하며 강조하는 사람을 잘 살펴볼 필요가 있다. '남자가 자신감이 있어서 좋은 것 아닌가?'라는 생각을 할 수 있지만, 자신감을 떠나서, 무례한 사람일 가능성이 크기 때문이다. 사람은 부족하다고 생각해야 발전이 있는 것인데, '나 정도면 괜찮지'의 기준으로, '네가 맞춰'라는 식의 이해를 요구하기 때문이다. 자신은 폭탄을 던져놓고 나는 뒤끝이 없는 사람이라고 말하며, '나는 이미 괜찮은 사람'이라는 전제가 디폴트 값으로 정해져 있기에 연인 사이에서 가벼운 트러블이 생길 때에도 자신의 잘못을 인정하는 것이 쉽지 않을 것이다. 아이를 키우고 싶지 않다면 이런 남자는 피하자.

④ 다혈질인 남자

정말 중요하다. 이 '다혈질'은 곧 분노조절장애로 이어지고, 더불어 스토커와 같은 집착, 집요함, 즉 데이트 폭력 등이 종합 선물 세트처럼 함께 오기 때문이다. 겪어보지 않은 사람은 잘 모를 것이다. 처음에는 '응?' 뭔가 살짝 이상하고 싸한 기운으로만 느껴질 것이다. 처음부터 여자를 때리는 남자는 없으니까 말이다. 다만 사소한 시비에 얼굴이 확 굳는지, 평소 언어습관이 많이 거친 사람인지, 술을 마시면 돌변하는 타입인지, 물건을 집어 던지며 짜증이나 화를 푸는지 등을 살펴보자.

이러한 사람은 자신의 욕구나 감정이 우선시 되어 사소한 행동, 말투에도 예민해져서 '네가 이러니까 내가 화가 날 수밖에 없지!' 하며 자신의 화를 합리화시키고, 문제를 타인에게 전가하고 상대방이나 상황을 비난하려는 경향이 짙다. 이렇게 다른 사람을 비난함으로써 자신의 감정을 해소하려는 증상들이 나타나면 무조건 멀리 떠나는 게 답이다.

⑤ 말만 너무 잘하는 남자

이런 사람은 영업직에서 두각을 나타낼 가능성이 크다. 그래서 능력이 있을 수도 있고, 매력적으로 보일 수 있다. 당신에게 자신은 이러이러한 사람이라며 자신의 목표, 가치관, 당신에게 이런 것을 해줄게 등을 어필함으로써 자신감을 나타내고 마음을 샀을 수도 있다. 그러나 여기서 주의할 것은 그의 진심과 전심의 편차가 매우 크다는 것이다.

예를 들면, 늘 바쁘다는 말을 입에 달고 사는 그에게서 하루 종일 연락이 오지 않는다. 그렇게 며칠을 기다리다가 도저히 기다리지 못하고 걱정이 되어 연락을 한다. 화가 난 나에게 그는 이렇게 말한다. "그때는 네가 잠이 들었을 시간이라 전화를 못 했어. 그 뒤로 연락을 못 한 건, 네가 너무 화가 났을까 봐 무서워서였어."

여자는 그 말에 잠깐 누그러진다. "그럼 다음에는 연락을 꼭 해줘"라고 트러블이 마무리되고 남자는 알았다고 한다. 그러나 비슷한 상황이 계속 반복되는 것이다.

비단 이렇게 연락 문제뿐만 아니라 많은 부분에서 관계에 트러블이 생길 때 우는 아이를 잠시 달래듯 구구절절 당신을 설득하며 당장은 당신의 화를 누그러뜨릴 수 있다. 하지만 썩은 생선을 신문지로 가리듯, 사실은 당신의 아픔에는 관심이 별로 없는 사람이다. 자신이 지금 내뱉은 책임 없는 약속, 행동이나 발언이 실제로 이루어지게 하는 데에는 관심이 없으며 그 순간만 모면하면 괜찮다고 생각한다. 역시나 자기 자신을 위해 당신을 희생하게 하려는 사람이다. 이성적으로 들으면 다 맞는 말 같은데, 당신의 기분이 계속 상하게 되는 것. 오히려 당신 탓을 하고 왜 이런 나를 이해하지 못하냐며 현실을 왜곡하거나 조작하여 나에게 문제가 있는 것으로 몰아가며 질책하는 남자일 가능성이 굉장히 높다. 지금 이런 사람을 만나고 있다면, 제발 피하라고 뜯어말리고 싶다. 최악 중에 하나로 꼽히는 유형이다.

⑥ 처음부터 너무 과하게 다가오는 사람

①번 '어느 순간 연락을 잘 안 하는 남자'와 이어지는 맥락이다. 남자가 처음 다가올 때 너무 뜨겁게 구애를 한다면 무조건 의심할 필요가 있다. 그들 자신조차 그들은 사랑에 빠져있다고 착각하지만, 대부분의 경우, 그들은 당신의 몸을 원하는 경우가 많다. "나 저 여자가 예뻐. 좋아" 하는 순간부터 남자들의 뇌의 전두엽은 상대방의 생각을 끊임없이 하게 하는데, 너무 들이대는 사람은 상대방의 입장을 배려하지 않고 너무나 자신의 것을 강요하는 사람이라는 것이다. 사랑은 조심스럽다. 진짜 사랑하는 것은 상대방이 원하는 것을 주는 것이다. 상대방에게 어떤 사람이 되어주고, 상대방이 어떻게 해야 기쁠까 늘 고민하는 것이다.

막장 드라마를 보지 않아도 성경에는 「사랑과 전쟁」을 능가하는 웬만한 치정극이 다 나와 있는데, 이 비극은 다윗의 자녀 암논이 배다른 누이 다말을 사랑한 데에서부터 시작되었다. 다말은 아주 아름다운 처녀였는데, 암논이 그녀를 사랑하여 병이 날 지경이 되었고, 이 고민을 들은 친구 요나답은 이불을 뒤집어쓰고 누워 병든 체하고 있다가 다말이 문병하러 오면 덮치라는 해괴망측한 묘책을 건넨다.(사무엘하 13장 1절~13절) 결국 암논은 그녀를 강간하는데, 만약 여기서 암논이 정말로 그녀를 사랑했다면, 한 번이라도 그녀가 이 일을 싫어하지는 않을까, 라는 생각을 했을 것이다. 한 번이라도 울며 "나를 더럽히지 말아 달라, 이건 절대 아니다"라는 다말의 말에 귀 기울였을 것이다. 그리고 암논이 천하의 쓰레기라는 사실을 다음 구절에서 볼 수 있는데, 그 폭풍 같고 대단했던 사랑이 금세 증오로 변하여 다말을 꼴도 보기 싫어한다. 그리고 다말을 내쫓는다.(사무엘하 13장 15절)

이런 들이대는 사랑은, 사랑이 아닌 욕정이라는 표현이 더 맞다. 일부 연구1)에서는 쾌감을 유발하는 애정 회로와 위협과 감정적 고통에 반응하는 분노 회로가 서로 인접하게 위치해 있다고 밝혔다. 그리하여 흔히 말하는 사랑에 빠졌다 라는 감정을 주체하지 못하는 사람일수록 나중에는 증오에 휩싸일 가능성이 크다는 것이다.

그렇기에 "너 때문에 상사병이 났다, 너 없으면 죽는다"라고 울고

---

1) 2008년에 발표된 Stanford 대학교의 Dacher Keltner 교수와 Berkley 대학교의 Emiliana Simon-Thomas 교수등의 연구팀은 분노와 애정 회로가 인접해 있으며 상호작용을 하는 것으로 나타났다는 결과를 보고했다. 또한, 2017년에는 New York 대학교의 Joseph LeDoux 교수와 Richard Brown 교수 등의 연구팀은, 뇌의 특정 부위에서 애정과 분노가 함께 활동한다는 결과를 발표하기도 했다..

불고 매달리는 남자에게 별로 귀 기울일 필요가 없다. 실제로 많은 여성이 여기에 많이 속하는데, 나 역시 '나를 받아주지 않으면 여기서 뛰어내리겠어', '너 때문에 내가 죽을 것 같아'라고 팔에 칼을 그어 사진을 보내는 사람을 경험한 적이 있다. 그때엔 너무 놀라 우왕좌왕하며 당장 달래는 데 많은 시간과 감정을 낭비하였으나, 이런 사람들을 겪을 때엔 어떠한 대응이나 반응도 하지 말고 철저히 무시하되, 한편으로는 증거들(보내온 사진, 음성, 텍스트 등)을 pdf 파일로 잘 변환하여 고소장을 미리 작성해야 한다. 괴롭힘이 지속되면 먼저 기관을 통한 '내용증명'이 발행되어야 하며, 경찰 측에서 고소장이 접수되었다는 사실이 그에게 전달되게 해야 한다.

⑦ 중독이 있는 사람

물론 누구에게나 담배나 드라마와 같이 가벼운 한두 가지의 중독은 있다. 일상에서 없으면 허전한 그것. 그러나 그 중독이 어떤 것인지, 어느 정도 심한지 점검할 필요가 있다. 중독에 쉽게 빠지는 성격을 가진 사람들은 뇌 활동에서도 보다 중독성이 강한 부분에 더 많은 활동이 나타난다. 예를 들어, 도파민, 세로토닌, 옥시토신과 같은 뇌 내 화학 물질이 높은 수준으로 분비되는 경향이 있어서 이러한 화학 물질은 쾌감과 관련되어 있으며, 중독성이 강한 성질을 가지고 있기 때문에, 게임 중독에 심하게 빠진 사람이 어떤 마음에 드는 여자를 보고 변해간다고 해도, 그녀가 그와 사귀게 되면 머지않아 그는 게임을 이전처럼 하게 될 것이다.

중독적인 성격을 가진 사람들이 반드시 모든 상황에서 연애에 실패하는 것은 아니다. 다만 그 사람이 좋아하는 것은 곧 그를 나타내며, 그가 좋아하는 것은 쉽게 바뀌지 않는다. 그렇기에 평소 좋아하는 것들이 도박, 술 등과 같이 불건전한 사람과는 거리를 두자. 중독에서 벗어남의 참 정의는 '참는다, 끊는다'가 아닌, 그것을 싫어하게 되는 것이다.

⑧ 대화가 툭 끊기는 사람

겉으로 보기엔 너무나 매력적이고 좋은데, 아무리 만나도 "밥 먹었니? 뭐하니?" 이상의 질문과 답 수준을 벗어나질 못하는 사람이 있다. 이것은 문화가 맞지 않고 더 나아가 서로의 영혼이 맞지 않는다는 표시다.

특히 치열한 경쟁으로 병든 사회에서는 가장 나중에 고려되어야 할 외적인 조건이 가장 먼저 고려되고 있으며, 오직 육체의 매력에 따라 아내를 삼는 남자와 생각의 수준에 대한 고려나 가치관, 방향에 대한 심장의 나눔에 전혀 관심이 없는 여자가 서로를 선택하며 비극을 맞이하게 된다. 이런 본능적이고 육체적인 야합은 비극으로 끝난다. 왜냐하면 성숙하지 못한 어린 사람들에게 있어서 대화는 폭력과 같은 것인데, 말투는 거칠고 내용은 상대방을 배려하지 않으며 상대방의 마음에 대해서 전혀 모르기 때문이다. 말하는 사람은 공격적이고 날카로우며 상대방은 이야기를 듣지 않는다. 대화는 흔히 전쟁으로 이어지며, 그렇지 않더라도 대화를 통하여 진정한 만족을 누리지 못하게 된다.

슬픔이 있을 때 아내는 남편 앞에서 울고 남편은 아내를 지극한 애정을 담아 안아주고 위로하는 것, 오히려 세월이 흐를수록 애정이 깊어지고 서로를 향한 이해와 감사하는 마음, 배려와 사랑의 고백은 깊어지는 관계. 지금까지 별처럼 많은 남자에게 거절을 받고 연애에 실패하였어도, 단 한 사람, 내 짝만은 이런 사람이라면 세상이 살만하지 않을까?

⑨ 존경할 수 없는 사람

정말 중요하다. 『화성에서 온 남자 금성에서 온 여자』의 저자 존 그레이의 이론에 따르면 여자는 주로 인간관계와 상호작용에 집중하며, 감정적인 연결, 친밀성, 지지 및 관심에 대한 필요로 '관계지향적'인 반면, 남자는 자신의 능력과 업적에 집중하며 성취, 경쟁, 독립성 및 지위에 대한 필요성이 높아 '목표지향적'이다. 예능 프로그램 「아는 형님」에서도 방송인 강호동 씨 역시 아내가 감사함의 표시와 존경함을 내비칠 때 설렘을 느낀다고 밝힌 바 있는데, 이렇듯 남자는 상대방으로부터 자신의 능력과 업적을 인정받는 것이 중요하고, 여성이 남성들의 성과에 대한 관심을 보이고 인정해주면 남성들은 보다 높은 만족감을 느끼고 자신감을 가지게 된다. 즉 남자는 존경을 먹고 사는 동물이다.

다른 것이 마음에 들지 않아도 이것 하나는 존경스러울 수 있다면, 여자는 남자에게 함부로 대하지 못하게 된다. 나의 별로인 성격을 무조건 다 받아주는 남자가 무조건 좋은 것이 아니라는 것이다. 존경의 기준은 여자마다 다르다. 이를테면 우유부단한 사람, 쪼잔한 사람, 이성 친구가 많은 사람, SNS에 모든 시시콜콜한 것을 공유하는 사람, 마마보이인 사람 등 나는 이것만큼은 정말 싫다, 못 봐주겠다, 라는 기준이 명확하게 잡혀있다면, 그것을 삶에서 잘 콘트롤 하는 남자, 더불어 내가 잘하고 싶은 영역을 훌륭하게 해내고 있는 남자를 만나면 존경할 수 있는 이유가 충분히 생긴다.

⑩ 매사 어딘가 부족하다, 불평하는 사람

당신의 인생이 피곤해지고 싶지 않으면 이런 사람들에게서 피해라. 삶의 성공과 행복은 정해진 것이 아니라 주관적인 것이다. 그러나 이런 사람들은 자신의 기준을 다른 사람에게도 적용하기 때문에, 특히 여자 친구나 아내에게 매우 높은 요구를 한다. 따라서 주변인은 계속 긴장하기 때문에 더 많은 에너지와 시간을 쏟게 만들어, 더욱 지칠 수밖에 없는 것이다.

　만약 연인이 계속 더 해야 해, 이건 이렇게 되었기 때문에 마음에 안 들어, 이것만 하면 될 거야, 이게 배우고 싶어, 이것 정도는 해야지, 감사함보다도 시도 때도 없이 이런 말을 내뱉는 사람이라면 그 사람은 '완벽주의'가 아닌, 그냥 부정적인 사람이며 일부러 삶을 피곤하게 만드는 타입이다. 있으면 있는 대로, 없으면 없는 대로, 당신의 삶을 있는 그대로, 그 자체로도 함께 누릴 수 있는 여유 있는 사람을 찾는 것이 좋지 않을까?

이런 남자를 만나세요

당신을 떠나간 전 연인은 마냥 나쁜 사람이었는가? 당신은 마냥 피해자였는가? 서른이라는 나날을 보내면서 당신이 한 번이라도 제대로 된 연애를 해본 사람이라면, 그 혹은 그녀를 마냥 원망할 수는 없을 것이다. 누구나 한 번쯤은 무지에서 나왔던 지질함과 미성숙함으로 상처를 주고받으며 나 역시 누군가에게는 그 원망의 대상, 나쁜 사람이었을 것이다. 마냥 일방적인 피해자가 될 수는 없다는 것이다.

연애의 장점은 연인이라는 특수한 관계, 둘만의 친밀한 경험을 통해서 나 자신을 점점 바로 알게 되는 것이다. 아무리 좋은 사람도, 나와 맞는 사람이 아니라면 아무 소용이 없다. 앞에서 언급한 '이런 남자를 만나지 말라'라는 조건을 피해도, 항상 변수라는 것은 있었다. 다만 나는 아프지 않고 싶었고, 나만큼은 좋은 사람이 되고 싶었다. 아팠기 때문에, 내가 겪은 그 끔찍한 상처를 감히 누군가에게 주고 싶지 않았다. 그래서 많은 노력을 했을 뿐이고, 사랑할 때엔 최선을 다하려고 하였다.

'이런 남자를 만나세요'라는 제목의 글이지만, 이건 남자 여자를 떠나서 지금도 나 자신에게 적용시키려고 많이 노력하는 부분이다. '사랑'이라고 느끼는 감정은 연인 관계를 시작할 때 분명 필요한 연료이지만, 안타깝게도 감정이라는 것은 영원히 기댈 만큼 튼튼하지 않다. 그러나 '사람'은 남는다. 콩깍지라는 감정이 지나가고, 결국 어떤 사람과 함께 하느냐가 남는 것이다. 그것은 의지로 유지되며, 의도적인 습관으로 감정보다 더 깊은 차원의 관계로 강해지는 것이다. 그렇기에, 이 글은 단순히 '좋은 남자'를 찾기 이전에, 나부터 좋은 사람인지의 여부를 체크하는 수단으로 참고하면 될 것 같다.

① 연락이 없어도 불안하지 않은 사람

남녀를 떠나서 인간의 촉이란 참 신기하다. '바빠서 그래'라는 핑

계로 연락을 하지 않으면, 머리로는 '응, 그래. 내가 이해해야겠다'
라는 마음을 먹어도, 무언가 찝찝함과 서운함이 밀려오는 것은 어
쩔 수가 없다. 그것은 그 남자가 당신에게 충분한 신뢰를 주지 않았
기 때문이다. 남자가 '이따가 전화할게'라는 말을 하면, 여자는 보통
하염없이 기다리게 된다. 울리지 않는 휴대폰을 무의식적으로 자꾸
바라보게 된다. 그리고 자기 전까지 베개 옆에 둔 휴대폰이 울리지
않으면, 그렇게 불안한 마음을 안고 잠을 자게 된다. 그리고 점점 마
음이 닫힌다.

연락이 없어도 불안하지 않게 하는 남자가 있다.

"이따가 연락할게"라는 사소한 약속을 꼬박 지키는 사람이다.

"나 오늘 어디 갈 거고, 집에는 언제 들어갈 건데, 너무 늦은 시간
이라 전화는 못 할 것 같고 자기 전에 톡은 할게"라고 세세하게 말해
주는 사람이다. 이것은 연락 빈도를 떠나서, 당신의 걱정하는 감정
을 배려하고 있다는 뜻이다. 정말 바빠서 연락이 되지 않아도, 발 뻗
고 잘 수 있게 해주는 남자는 당신에게 신뢰를 주는 남자다.

② 나의 결핍을 고치고 싶게 만드는 사람

나를 무조건 이해해주는 사람이 좋은 사람일까? 나의 바닥을 다
보여줘도 되는 사람, 나의 생떼를 무조건 다 받아주는 사람이 좋은
사람일까?

좋은 사람은 맞지만, 좋은 관계는 아니다. 한없이 넓은 사람처럼 보인다 해도, 당신을 끝까지 이해해주는 사람은 없다. 왜냐하면 사람은 누구나 이해받고 싶어 하고, 결국에는 서로 존중하는 따뜻한 관계를 원한다.

'내가 막 대해도, 이 사람은 나를 떠날 수 없어'라는 생각을 가지게 된다는 것은, 관계에 갑과 을이 형성되었다는 것이다. 건강한 관계란, 나의 바닥을 다 이해해달라고 강요하는 것이 아니다. '나의 부족함과 결핍이, 그 사람을 혹여나 아프게 하지 않을까?'라는 생각으로 늘 고치려고 노력하고 조심하는 것이다. 나를 더 나은 사람으로, 나도 모르게 이끌어주는 사람이다. 나의 부족함과 결핍으로 인하여, 그가 아픈 것을 보았는가? 그가 아픈 것을 볼 때 아무렇지도 않다면, 당신은 그를 사랑하는 것이 아니다. 그를 존경하는 것이 아니다.

③ 열등감이 없는 사람 : 높은 자존감의 동기가 바른 사람

이런 말을 하면 사람들이 잘 믿지 않는데, 나의 엑스(ex)들의 외모는 사실 그다지 특출나지 않은 경우가 많았다. 나는 외모를 보지 않고 됨됨이를 보려고 많이 노력하는 편이다. 대머리도 있었고, 키가 나보다 작은 ─ 내 키 161.5cm ─ 남자도 만나보았다.

대신 존경할만한 부분이 있었다. 내가 잘하고 싶어 하는 그 무엇을 월등하게 잘했다. 그런데, 그 월등하게 잘하는 부분이 어느 동기

에서 나왔는지는 잘 점검하지 않았다. 못생기거나 학력, 능력이 특출나지 않을 수 있다. 그러나 자존감이 문제였다. 내가 존경하는 그 월등한 부분이 열등감에서 나온 것인 줄은 생각도 못 했다. 이런 사람은 자격지심으로 인하여 당신을 어떻게든 깎아내리고 자신의 우월함을 입증하며 만족을 얻는다. 내 실수를 공개적으로 망신을 주거나 나의 외모나 성격을 비하한다. 열등감이 있는 사람이기 때문이다.

예를 들면, 전문직에 종사하는 사람이었는데, 본인의 키가 엄청 작은데 일부러 키가 큰 여자를 많이 만나는 사람을 본 적이 있다. 그렇게 자신의 능력을 꼭 입증시키려 하는 사람처럼 보였다. 연애 중에 이성의 유혹이 있을 때도 자존감이 높은 사람들, 즉 열등감이 없는 사람은 유혹을 이길 여유가 있다. 흔들리지 않은 신념과 의지로 이겨내는 것에 익숙하다. 그러나 열등감이 있는 사람은 당신으로 만족하지 못하고, 내가 아닌 다른 이성의 대시가 있을 때 평소에 흔치 않은 기회라고 생각해서인지는 몰라도 흔들리는 경향이 짙다는 것이다.

기억하자. 사람에겐 초심, 중심, 진심이 있는데, 그중에 제일은 '중심'이라는 것을.

④ 문화가 맞는 사람

내가 행복을 느끼는 순간은 사소하지만 참 다양하다. 혼자 잘 지내려고, 좋은 사람이 되려고 노력하다 보니 잔재주가 많아졌다. 음악을 하고, 춤을 추고, 그림을 보고, 사람들에게 요리를 해주고, 다국어를 하고, 이렇게 틈틈이 글을 쓴다. 덕분인지 "너 같은 여자를 누가 감당할 수 있을까?"라는 말을 많이 들었다. 나는 끼가 많다. 그러나 많은 남자들은 끼가 많으면 '별난 사람'이라고 정의하고, 부담스러워한다.

꼭 같은 취미를 가지지 않아도 된다. 그러나 당신이 가진 문화를 수용하고 인정하는 사람을 만나야 한다. 친구 중에 음악을 하는 친구가 있다. 이 친구의 애인은 '돈'이라는 문화가 가장 큰 것이므로, 음악을 돈을 위한 하나의 수단으로밖에 이해하지 못했다. 따라서 음악을 즐기는 것을 시간 낭비라고 생각하여 친구가 음악으로 큰돈을 벌지 못한다고 무시하였다.

문화가 맞는다는 것은 서로의 가치관이 비슷하다는 것이다. 나는 음악을 하지 못해도 즐길 줄 아는 사람, 미술관에 가본 적이 없더라도 작가의 삶에 대해서 이해하려고 노력을 하는 사람, 다국어를 못해도, 춤을 못 추더라도, 글을 쓰는 취미를 갖지 않는다 하더라도, 지금까지 내가 쌓아온 문화를 무시하지 않고 존중해주는 사람이 좋다. 건전한 취미가 있는 사람 말이다.

⑤ 감사할 줄 아는 사람

누군가 나에게 "이상형이 뭐예요?"라고 물어오면 "고생을 많이 해본 사람이요"라고 대답한다. 고생을 해본 사람은 사소한 것에 감사할 줄 아는 사람이기 때문이다. 내가 누리는 사소한 일들을 당연하다고 생각하지 않는 사람일 수 있다는 것이다.

겨울에 찬물로 목욕을 해본 사람은 따뜻한 물이 귀하다는 것을 안다. 매일 귀찮아서 밥을 잘 챙겨 먹지 않은 사람은, 나에게 요리를 해주는 그 수고스러움이 황송하다. 약속을 지키지 않는 사람들로부터 마음을 다친 사람은, 작은 약속까지 기억해주는 그에게 더없이 감사하다.

삶에 지쳐보고 절망해본 사람은, 따뜻한 사람에게 함부로 대하지 않는다. 고생을 해본 사람이라면, 내가 누리는 것 중에 당연한 것은 없다는 것을 아는 사람이다. 그 배후에는 누군가의 희생과 노력이 있기 때문이다. 이것을 아는 사람은 따뜻한 사람이다. 당신의 존재만으로도 감사해하는 사람, 당신의 배려를 당연한 것으로 생각하지 않고 고마워하는 사람. 이런 사람은 정말 놓치지 않았으면 한다.

⑥ 약속을 함부로 하지 않는 사람

그가 당신에게 했던 작은 약속을 지키는 데 시간이 얼마나 걸리는지 확인해보라. 이거 해줄게, 혹은 이거 사줄게 등등. 정말이지,

함부로 내뱉는 사람일수록 가볍게 떠날 가능성이 크다. 허세가 심한 사람, 더 나아가 리플리증후군을 피하는 좋은 방법이기도 하다.

그러나 나는 안다. 여자는 외로울수록 순간의 달콤한 말에 홀랑 넘어간다는 것을. 많은 사람이 또다시 반복적으로 말뿐인 나쁜 남자에게 바보같이 넘어가는 여자들을 손가락질한다지만, 그녀들에게 한편으로 안쓰러운 마음이 드는 이유는 그 말을 정말 믿고 싶고 포기하고 싶지 않았던 여자의 진심이 남 이야기 같지 않아서이다. 나도 그런 사람이었기 때문이다.

마음이 변한 것은 죄가 아니다. 그러나 헤어지고 나면 애초 책임을 질 생각도 없이 내뱉었던 남자의 말은 큰 상처로 다가온다. 나를 연인으로 만들기 위해 온갖 예쁜 말로 꼬드기는 것, 특히 결혼하고 싶다고, 아이 이름은 이렇게 하자고, 부모님을 뵙자고 생각 없이 내뱉고는 금세 식는 남자가 생각보다 많다. 그러니 그가 표현을 많이 하지 않는다고, 달콤한 말을 하지 않는다고 무작정 서운해할 필요는 없다. 그만큼 진중하고 신중할 수도 있는 것이니까.

⑦ 나에게 쓰는 돈을 아까워하지 않는 사람

이 부분에 있어서 민감한 사람이 많을 거라 생각한다. 남녀차별이라는 오해를 받을 수 있겠지만, 여기서 돈을 얼마나 쓰느냐가 아닌 '마음을 얼마나 쓰느냐'를 짚고 싶다.

나에게 진심인 사람일수록 내가 스쳐 가며 했던 말들을 잘 기억한다.

"고양이 털을 떼어낸다고는 했는데, 아직 옷에 많이 묻어있네!"라고 하면, 다음에 만날 때 천 원짜리 돌돌이를 챙겨 주는 세심함이다. '나는 정말 사랑받고 있구나!'라는 느낌은 꼭 물질적으로 나에게 명품 가방과 비싼 밥을 사주지 않아도 이렇게 충분히 느낄 수 있다.

아직 어린 – 20대 초반 – 학생들은 남녀 다 데이트 비용이 부담스러울 수 있다. 그러나 이상하게 만날 때마다 내가 돈을 더 내게 유도한다거나, 나에게 쓰는 돈을 아까워하거나 자기가 낸다 해도 생색을 낸다면, 남자가 충분히 당신을 사랑하지 않는 것이라고 생각한다.

⑧ 따뜻한 사람

어린아이들, 사회적 약자, 그리고 주변인들에게 따뜻한 사람이 있다. 외향적인 사람들은 택시 기사님, 혹은 경비 아저씨와도 유쾌한 대화를 할 수도 있고, 내향적인 사람들은 청소하시는 아주머니가 힘들까 봐 뒤처리를 누구보다 더 신경 쓰는 사람일 것이다.

표현하는 방법은 사람마다 다르겠지만, 청소하시는 아주머니의 거친 손을 보고도 존경할 줄 아는 사람, 폐지를 줍는 할머니가 오실 무렵 일부러 폐지를 밖에 두는 사람, 다음 사람을 위해 문을 잡아주는 사람, 할아버지의 리어카를 몰래 뒤에서 밀어주는 사람, 전단지를 돌리는 이모의 전단지를 받지 않아도 눈인사는 할 수 있는 사람. 경쟁이 치열한 한국에서 분명 삶의 여유를 아는 사람이다. 순간을 감사하며 긍정을 매일 연습하는 사람이다.

⑨ 자신의 한(恨)을 풀 숨구멍이 있는 사람

사람은 로봇이 아니다. 누구나 힘들고 누구나 스트레스를 받기 때문에 자신만의 분출할 방법을 아는 것은 매우 중요하다. 특히나, 주입식 교육과 경쟁사회에 압박을 받은 한국인일수록 한(恨)이 많다.

한이 없는 남자들의 특징은, 자신만의 건전한 숨구멍 – 보여주기 위함이 아닌, 진정 즐기는 것 – 이 있다는 것이다. 음악이나 미술에 깊은 관심을 두거나 혹은 창작 활동을 하거나 운동을 하거나, 꼭 취미가 아니더라도 봉사활동이나 친구들을 건전하게 만나며 풀 수도 있다. 그러나 그 한을 술로만 푸는 사람을 경계할 필요가 있다. 술에는 불건전한 것들이 많이 따라오기 때문이다.

한을 풀지 못하면, 밖에서 얻는 모든 스트레스를 나도 모르게 가장 가까운 사람에게 분출한다. 우리가 엄마에게 함부로 대하는 이유이기도 하다. 거리가 어느 정도 있는 친구, 직장 등과의 사이에서는 진짜 '내 모습'이 다 나오지 않는다. 나쁜 사람들은 사랑하는 사이이기 때문에, 더욱 성질을 부린다. 폭력적인 성향을 가진 남자는 처음에는 소리를 지르고, 물건을 집어 던지다가, 나중에는 여자를 때릴 것이다.

한을 풀 수 있는 숨구멍이 서로 같다면 더욱 좋겠다. 그러나 이것이 꼭 같지 않아도 그 사람의 문화와 당신의 문화가 연결되고, 당신의 세계 또한 넓어질 수 있는 좋은 기회가 되기도 하다.

⑩ 나를 가장 예쁘다고 해주는 사람

아주 중요하다. 왜냐하면, 세상에 나보다 예쁜 사람들이 분명 너무나 차고 넘치기 때문이다. 게다가 자꾸 나이가 들어가며 미모를 붙잡고만 있기에는 한계가 있다. 나의 남자 친구의 전 연인이 누가 봐도 더 예쁘다고 해서 기죽지 말아야 할 것은, 그는 당신의 진짜를 알아봐 주는 사람이기 때문이다. 진짜를 알아봐 주는 사람은 나보다 예쁜 여자가 그를 흔들어도, 나의 존재를 감사해하는 중심으로 유혹을 이겨낼 사람이다.

진짜는 내면이다. 내면이 예쁘면 표정도 밝고 사람들에게 따뜻해진다. 나보다 예쁜 여자가 비싼 향수를 뿌린다 해도, 나의 마음의 향기는 그보다 강하고 진하게 남는다. 그걸 알아봐 주고, 제일 예쁘다고 해주는 그의 덕분에 당신은 정말 누구보다 아름다운 사람이 될 수 있다.

더는 상처받고 싶지 않은
언니에게

이제는 주변에 결혼을 앞둔 친구에게 "축하해!"라는 말보다 "정상 이니?"라는 질문을 먼저 건네게 된다. 여기서 "정상이니?"라고 묻는 기준은, 내가 해외에서 오래 살며 보았던 상식적이지 않은 사람들, 예를 들면 마약에 손을 대거나, 일부다처제를 지향하거나, 분노조절 장애 등의 기질 등을 가진 사람들을 의미한다.

물질만능시대에 젖어있는 만큼이나 우리의 사회는 점점 병들어가고, 그럴수록 병든 사람들이 이렇게나 많다는 것을 깨닫게 된 것이다. 내가 바라는 것은 참 소박한데, 그저 정상이면 되는데, 정말 내가 원하는 됨됨이, 인격을 갖춘 사람은 없는 것일까. 결혼 전 이 고민을 계속 달고 살았다.

물론, 완벽한 사람은 없다. 젊을 때 앞의 10가지 '만나지 말라' 사항들이 아예 없는 것도 힘들며, 또 '만나라'의 10가지 기준에 다 충족하는 남자는 정작 내 남자가 아닐 경우가 많다는 것이다. 단순히 멀쩡한 직업을 가진 것만으로는 인성을 판단하기 힘들었다. 겉으론 알 수 없는, 몇 번 만나보아서는 절대 알 수 없는 사람들이 대부분이었다. 심지어 부모님이 보시기에도 괜찮았으나, 나에게 뜨겁게 구애를 할 때, 자신이 일부다처제를 지향하는 사람인지를 알리지 않고, 화가 나도 때린다든지, 그런 사람들은 없었으니까 말이다. 그렇게 따지고 겨우 만나 결혼을 한다 해도 변수가 생기기 십상인 게 인생이다. 그렇기에 만약 내면적인 것과 외형적인 것 중에서 외형적인 것, 즉 조건에 더 큰 비중을 두는 여자라면 이 글은 별로 도움이 되지 않을 것이다.

모든 사람의 인생은 다르다. 책으로 보기만 해도 인생을 터득하는 지혜로운 사람들이 있는가 하면, 나처럼 무식하고 미련한 사람의 경우, 실제로 겪어보고 숱하게 힘든 수업을 통과하며, 사람 보는 눈을 점점 기르며 '님은 저처럼 아프지 마세요'라고 글로 남기는 사람도 있다. 이 모든 이야기는 실제 경험에서 우러나오는 주관적인 이야기로, 일반화시킬 수 없으나 나의 모든 진심을 담았다. 비록 가볍게 써 내려간 글이지만, 혹시나 같은 아픔을 가진 언니들을 격려하고 위로하고 싶은 마음으로 인생을 담아 썼다. 대개 우리가 어느 한 부분에 있어 받는 깊은 상처는 사명과 관련되어 있을 때가 많다. 아픈 사람이 같은 아픔을 가진 사람들을 더 잘 이해할 수 있으며, 상처입은 치유자가 되는 경우가 많지 않은가?

앞의 두 글 「이런 남자 만나지 마세요」 와 「이런 남자 만나세요」 를 브런치에 올렸을 때 조회 수가 200만 뷰에 이르렀다. 글에서 언급된 경험과 예시가 너무 극단적이고 격하다는 반응도 있었지만, 실제로 당해본 언니들에게는 두 번 다시는 겪고 싶지 않은 아픔일 것이다. 독을 가진 거미나 버섯이 화려하듯 나쁜 남자는 마음을 잘 훔치며 잘 홀리기에, 더 이상 나같이 또 속아 넘어가는 피해자는 나오지 않길 간절히 바라며 쓴 글이다.

어렵지 않게 좋은 짝을 일찍 만나 결혼을 하고 좋은 가정을 꾸리는 것은 축복이다. 하지만 수없이 상처 입고, 이제는 기대조차 하는 것이 사치인 사람들의 마음속에는 그렇게나 갈구했던 '진짜'라는 것에 대한 안목과 그것이 내 눈앞에 나타났을 때의 감사함이란 이루 말할 수 없는 것이다. 아프고 또 아픈 뒤, 수많은 실수 뒤에 무엇이 남았는지 누가 물어본다면 나에게는 '혹시나'라는 이름의 간절함이라는 것이 남았었다. 그렇게 끝까지 희망을 버리지 않았고 기다렸던 만큼, 실망했던 만큼, 아팠던 만큼 더 단단해진 내 진짜 모습을 찾았고 더 건강한 눈을 가지게 된 것 같다.

사실 나 역시도 아직 부족하고, 이런 사람이 되기 위하여 자라고 있다. 어제보다 더 나은 사람이 되고 싶다는 마음을 품고 사는 것만으로도 사람은 자랄 수 있다고 생각한다. 그리고 이 글을 읽는 모든 사람이 서로를 자라게 해줄 수 있는 좋은 사람을 만났으면 좋겠다.

무엇을 하는 사람인가?
vs 어떤 사람인가?

진짜 부자인 사람도 만나봤고,

진짜 똑똑한 사람도 만나봤고,

진짜 유명한 사람, 진짜 잘생긴 사람도 만나봤는데,

다 내 짝이 아니더라.

조금은 평범하면 괜찮을까 해서 십년지기 친구를 연인으로 받아

주기도 했고,

취미가 맞으면 좋을까 해서 음악 하는 사람, 그림 그리는 사람, 춤 추는 사람도 만나봤는데,

응, 다 아니었어.

그렇게나 간절했던 사람도 어느 한 명이 살짝 끈을 놓으면 하루아 침에 남이 되어버리고,

그렇게나 확신했던 나의 판단도 너무나 쉽게 산산조각이 날 수 가 있더라고.

느낌은, 확신은, 그렇게 믿을만한 것이 아니었어.

결국 그 사람이 얼마나 잘나가는지, 그 사람이 무엇을 하는 사람 인지는 그렇게 중요하지 않은 것 같아. 무엇보다 '나랑 맞느냐, 나랑 맞지 않느냐'가 문제인데.

그건 눈에 보이는 '무엇을 하는 사람'이 아니라, '어떠한 사람이냐' 에 따라서 달라지더라.

물론, 그전에 내가 어떠한 사람인지 먼저 알아야겠지.

여우가 아닌 곰으로 살아내기

나는,

여우가 아닌 곰이야.

그것도 미련 곰탱이.

사랑이라는 이름 앞에서는 한없이 약해져.

퍼주는 것이 익숙해.

내 몸까지 도려내어 피를 철철 흘리면서까지,

쓸개까지 빼서 바치기도 하지.

그렇게 쑥과 마늘 대신,
상처를 받고 또 먹다 보면,
다른 여인들은 여우로 변하기도 한다는데,

나는,
"이다음 연애만큼은 나도 여우가 될 거야."
수없이 되뇌어 보아도, 도무지 변하지 않네.

저기,
저렇게 예쁜 짓 하는 여우 여인들은,
정말이지 기가 막히게 사랑을 받아.

나처럼 쓸개를 빼서 바치기는커녕,
그저 꼬리만 살랑살랑 흔들 뿐인데,
남자들이 간을 빼서 바쳐.

도대체 어떻게 하는 거지?

나도 어설프게 흉내를 내보았어.

그래, 이렇게 꼬리를 흔드는 거라고?

살랑살랑.

예쁘게 화장을 하고, 살랑

예쁘게 웃고, 살랑

예쁘게 쳐다보고, 살랑

오, 역시 효과가 있군.

남자들이 반응을 해!

자, 다음은 어떻게 해야 하는 거지?

여우 여인네들은 재빠르게 이리저리 잘 숨기도 하고, 어느 순간

또 다가와 마음을 흔들고, 그러다가 영영 사라지기도 한다는데.

나는,

사랑의 몸집이 너무 커서,

숨어지지도 않고,

재빠르지도 못하고,

당신을 떠난다는 것은 상상도 할 수 없는 일인데,
이렇게 그냥 미련하게 또 서 있네.

어떤 당신은, 이런 내가 부담스럽다고 떠났고,
　어떤 당신은, 처음엔 여우인 줄 알았는데, 곰같이 미련한 내가 재
미 없다고 떠났고,
　어떤 당신은, 쓸개까지 다 빼서 줬더니, 이제 필요 없다고 떠났고,
　또 어떤 당신은, 당신에게만 보여줬던 그 재주와 재롱을 다른 사
람들 앞에서 부리게 하며, 나의 발에 족쇄를 채우기도 했지.

여우가 아닌 곰은, 참 그래.
그렇게 사는 것이 익숙해서,
그렇게 살 수밖에 없어.

아무리 노력해도 마음을 조금만 꺼내는 것이 힘이 들어.
이렇게 멀뚱하게 내 자리를 지키는 것 말고는 할 줄 아는 게 없어.
이런 내 자신이 참 싫어져.

그러나 어느 순간 인정할 수밖에 없더군.
이번 생은, 어쩔 수 없이 곰으로 태어나 곰으로 죽을 팔자라고.

이렇게 태어난 걸 어떡해.

그런데도, 반드시 여우가 되어야 될까?

곰이어도 괜찮은 이유

사람에겐 누구나 기댈 곳이 필요해.

바쁜 것이 지나가고, 티비를 보고, 사람들을 만나도 채워지지 않는 텅 빈 마음을 채워줄 대상을 찾아.

세상은 머리가 좋은 사람들이 지배하는 것 같지만, 이리저리 적당히 계산하는 사람들이 모든 이익을 챙기는 것 같이 보이지만, 그래서 미련한 곰인 나에겐 한없이 불공평해 보이지만, 사실 그들 역시 기댈 곳이 필요해.

지식이 모자라서 자살하는 사람은 없어. 결국 모든 문제는 마음이 아파서 오는 거니까.

사람들이 감동하고 박수 쳐주는 모든 이야기의 중심은 계산하지 않고 베푸는 따뜻한 마음이야.

곰이라고 너무 기죽지 마.

당장 눈에 보이는 내가 원하는 이익을, 사랑을 얻지 못한다고 해도, 세상이 진정 원하는 것은 결국 따뜻한 곰의 마음이니까.

세상의 모든 곰탱이,
오늘도 화이팅.

세상의 모든 미련 곰탱이, 만세!

사랑과 사람 사이

호되게 사랑에 상처를 받은 곰이라면 이렇게 말해본 적이 있을 거야.

"아 정말, 못 해 먹겠다. 남자(여자)라면 이젠 지긋지긋해."

그도 그럴 것이 나의 일상이 무너졌으니까. 파운데이션을 찍어 바르는 그 순간도 눈물이 나와 스펀지가 축축해지고, 지하철에서도 눈물이 나와 수시로 거울을 보며 마스카라 번짐 테러에 계속 신경 써야 한다. 밥을 먹는 둥 마는 둥 입맛이 없고, 당장 산더미처럼 쌓여 있는 일을 기계적으로 해치워 나가면서도 중간중간 울컥하는 마음을 누르며 물을 마신다.

마음이 죽도록 아파도 삶은 계속되어야 한다는 거지 같은 사실 때문에, '아몰랑' 다 그만두고 쉬고 싶어도 매일의 책임이 뒤따르기 때문에, 그저 견디고 억누를 수밖에 없는 것이다.

"그럼 새로운 남자(여자)를 만나!"

그렇게 누군가를 소개시켜준다고 해도, 달갑지만은 않다. 사랑은 사랑으로 잊힌다고 하는데, 웬걸, 이제 나는 사랑이 하고 싶지 않으니까. 연애가 주는 달콤함의 갈망보다, 마음이 받았던 충격과 아물지 않은 상처에 먼저 고개가 절레절레 저어지니까.

그래서일까, 상처가 아직 아물지 않은 곰은 남자(여자)를 만나고 싶다고 얘기하지 않는다. 다만 사람을 만나고 싶다고 말한다. 처절하게 일상이 무너져 내려봤으니 시간이 얼마나 걸릴지는 모르겠지만 만약, 아주 만약이라도 다시 시작할 수 있는 기회가 온다면, 사소한 것부터 다시 쌓고 싶다. 이전처럼 매달리고 싶지도, 구걸하고 싶지도 않다.

물어보지 않아도 하루를 나누는 것. 좋은 것을 대할 때 함께하고 싶은 것. 오늘도 여전하게 마음이 변하지 않고 사랑하고 있다고 표현해주는 것. 그것은 단순히 남자(여자)를 만나서 해결되는 것이 아니라는 것을,

그래서 사람을 만나고 싶은 것이다.

사랑,
감정이 다가 아니라는 것

좋은 사람과 함께하는 커피처럼 맛있는 커피가 또 있을까. 나이가 세 살이나 어림에도 불구하고, 벌써 유부녀인 그녀의 결혼 강의. 감정이 사라진 뒤의 사랑, 따뜻하게 이어나가는 사랑에 대해서 말한다.

스더 : 나 서른이야. 우리 부모님은 내가 결혼하길 바라는지 맨날 카톡으로 연애하는 방법에 관한 기사만 보내. 미치겠어.

마리안 : 결혼이 시작인데 뭐. 너무 조급해하지 말고 그냥 즐겨. 모든 근원적인 문제는 네 안에 있어. 예를 들면 너의 자아 가치나 즐거움에 대한 정의를 어디서 찾는지 잘 살펴봐 봐. 결혼하면 물론 기쁘지. 근데 그거 되게 잠깐이다?! 생각보다 오래가지 않더라고.

스더 : 그럼 마리안, 남편을 만났을 때 딱 '이 사람이다!'라는 운명적 느낌을 받은 거야?

마리안 : 아니, 꼭 그렇지는 않더라고. 그와 나는 편한 친구 사이였고, 모든 것이 자연스럽게 이어졌어. 어느 순간부터 교회에서 나와 같은 제목으로 기도하는 그를 발견한다든지, 같이 취미 생활을 하는데 함께 무엇을 하는 우리의 모습이 참 좋게 느껴졌다든지. 그와 나는 학생이었고, 꼭 결혼을 할 만한 상황도 다 갖추어지지 않았지만, 그냥 '이 사람이랑은 결혼하는구나'라고 자연스럽게 생각하게 되었지.

스더 : 아, 정말 그렇게 담담하게 이어지기도 하는구나. 난 이제 결혼이라는 걸 아예 생각조차 하지 않기로 했어. 포기는 아니

지만, 지금의 나로도 충분히 즐길 수 있고. 사실 나는 어떤 남자도 믿지 않기로 했거든.

마리안 : 믿지 마. 그냥 사랑해. 근데 그 '사랑'이라는 게 얼마나 힘든지, 네 힘으로는 도저히 못 할 거라는 걸 곧 깨닫게 될 거야. 사랑받기 위해서 기도하지 말고, 사랑할 수 있게 해달라고 기도를 해. 난 있지, 한 가지 확신하는 게 있어. 내가 그를 처음 만났을 때보다, 그리고 결혼했을 때보다, 나는 지금의 그를 더욱 사랑해. 그리고 앞으로 이 사랑은 점점 더 깊어질 거야. 사실 꼴 보기 싫을 때도 되게 많은데 - 정확히는 "He's really pissing me off"라고 했다. - 그 순간에도 나는 그를 사랑해. 로맨틱한 감정이 다 사라진 그때에도 나는 그를 여전히 사랑해. 진짜 사랑은 감정이 아니라, 희생이더라고. 그걸 매일매일 배워 나가는 것 같아.

스더 : 그래, 네 말대로 그렇게 사랑을 줄 수 있는 남자가 있겠지? 없어도 난 상관없을 것 같아. 행복의 조건에 생각보다 많은 것이 필요하지 않더라고. 내 곁에 고양이, 피아노, 그리고 이렇게 커피 한 잔 할 수 있는 것만으로도 나는 정말 행

복해.

마리안 : 그래. 남자에게 사랑받아서 행복해지는 건 정말 한계가
있어. 남자는 어차피 다 어려서 우리가 평생 돌봐주지 않
으면 안 되는 어린이 같은 존재야. 기댈 수 있는 남자를
찾지 말고, 네가 평생 이것 하나는 존경할 수 있겠다, 하
는 부분을 가진 남자를 찾아봐. 힘내, 에스더!

미래의 당신에게

나는, 당신에게 노래를 선물하고 싶어요.

아무 말도 떠오르지 않을 때, 그렇지만 사랑한다는 말이 헤퍼질까 봐 걱정될 때,

당신과 어울리는 멜로디를 담은 노래를 건반으로 그려주고 싶어요.

당신의 기를 살려주고 싶어요. 작은 것에도 늘 감동하고 고마워하

며 늘 칭찬을 아끼고 싶지 않아요. 능력 있는 남자 옆에 늘 미녀가 있듯이, 당신과 같이 걸을 때면 예쁜 옷을 입고, 당신의 친구들을 만날 때에는 다 가렸지만 섹시한 여자가 되어 나타나서 당신을 이 세상에서 최고로 능력 있는 남자로 만들어주고 싶어요. 당신의 친한 지인들 앞에서는 오버하지 않는 존댓말을 해주며 늘 존경받고 있음을 느끼게 해주고 싶어요.

가끔은 당신을 깜짝 놀라켜 주고 싶어요. 어느 날은 앞치마만 입고 요리하며 당신의 퇴근을 맞기도 하고, 아무 날도 아닌데 당신과 함께 일하는 동료들의 김밥까지 싸서 찾아가고 싶어요. 데이트가 있는 날이면 몰래 아껴둔 돈으로 당신에게 멋진 옷을 선물하고 싶어요.

당신에게 늘 따뜻하고 맛있는 밥상을 차려주고 싶어요. 아침잠도 워낙 많고 아침을 챙겨 먹는 사람은 아니지만, 하루를 시작하는 진한 커피는 내려줄 수 있어요. 간단하지만 건강한 아침을 만들어줄게요. 저녁엔 꼭 생일이 아니더라도 미역국을 끓여주고, 고등어도 굽고, 치즈가 듬뿍 들어간 계란말이도 해주고 싶어요. 화려하지 않아도 소박하고, 밖에서 쉽게 사 먹을 수 없는 그런 집밥을 해주고 싶어요.

당신의 가족이 되어줄게요. 내 가방보다도, 당신 어머니에게 멋진 가방을 먼저 선물해드리고 싶어요. 가끔은 아버님과 어머니를 모시고 영화도 보러 가자고 데이트 신청하는 그런 센스있는 며느리가 되고 싶어요. 당신과 나를 닮은 아이를 당신이 번쩍 안아 올릴 때, 나는 이 세상에서 가장 행복한 여자의 미소를 지어주고 싶어요.

당신이 힘들 때 함께 울고 싶어요. 굳이 힘내지 않아도 된다고 말해주고 싶어요. 그저 안아주며 말없이 옆에 있어 줄게요. 당신의 아픔을 나누며, 함께 끝까지 견딜게요. 당신의 기쁨을 누구보다도 기뻐할게요. 항상 유쾌하고 밝은 웃음을 가지고 어떤 일에도 괜찮아, 하며 웃을 수 있는 여유를 가진 여자가 될게요. 모든 울고 웃는 순간들을 함께하고 싶어요.

나는 당신과 함께 걷고 싶어요. 내가 세상에서 제일 좋아하는 상해 어느 한 구석 플라타너스가 가득한 그 거리, 시원한 바람이 불어오는, 벚꽃이 많이 피어있는 그 강변, 사람 많은 삼청동에 숨겨진 한적한 그 골목에 있는 안동교회도 같이 가고 싶어요. 내가 한참 방황할 때 소주 두 병과 포카칩을 들고 올라갔던 그 공원도 데려가고 싶어요. 내가 과거에 울고 웃었던 그 모든 거리를 나누며 함께 손을 꼭 잡고 걷고 싶어요.

사랑은 기대하지 않고 주고 싶은 것이라고 배웠어요. 물론 존중을 받을 때 기쁘고, 사랑을 받을 때 기쁘지만, 나는 알아요. 그것이 근원적인 기쁨이 아니라는 것을요. 당신을 배려하고 존중하고, 어떻게 당신을 기쁘게 해줄까. 그것으로 온통 내 의식이 쏟아져 나에 대한 인식을 잃어버릴 때, '당신의 마음을 얻고 기쁘게 하고 행복하게 해줄까'에 대한 의식이 나에게 설렘을 가져오고 기쁨을 주고 행복하게 만드는 것도요.

'내가 너를 사랑하니 너는 다른 사람에게 절대 가면 안 된다'라는 것이 진정한 사랑이 아니듯, 존중은 당신이 원하는 것을 내가 기뻐하는 것이겠죠. 내가 좋아하지 않는 것을 당신이 원하고 좋아한다면, 그래도 나는 그것을 기뻐해 줄 수 있는 그릇으로 성장하고 싶어요.

악마는 늘 행복이 먼 곳에 있다고 우리를 속이지만, 사랑받아야 행복할 것이라고 속이지만, 진정한 행복은 당신에게 사랑받는 것보다 당신을 사랑하는 그것임을 평생 잊지 않고 싶어요. 당신에게 받는 사랑과 행복을 마땅한 권리로 받아들이지 않고 싶어요. 엄마가 내게 알려준 대로, 나는 당신이 쉴 수 있는 쉼이 되어주고, 집이 되어주고 싶어요.

당신만을 위한, 다시 하루하루를 살아갈 수 있게 하는 생명이 되는 여자이고 싶어요.

따뜻한 사람이 되어주고 싶어요.

굳이 사랑한다고 말하지 않아도 괜찮아요. 다만 먼 훗날, 반짝반짝 빛나던 젊음의 향기가 아득하게 희미해지는 날에도, 주름이 많이 진 내 손을 그냥 꼭 잡아주세요. 그때도 내 옆에 있어 주세요.

나를 갉아먹는 연애는 이제 그만하자.
'사랑할만한 사람'을 만나면 쉬워진다.
이제까지는 고작 더는 상처받지 않는 것이
소원이었다면, 서로를 채워주려고 노력해왔던 사람,
지금까지 나와 같이 을의 연애를 해왔던
사람을 만나면 사랑이 힘들지 않을 것이다.
아프지 않은 것을 넘어 행복한 연애를 할 수 있다.

Chapter 2

스더언니가 알려주는 실전 연애와 결혼

서른셋, 싱글을 접다

엄청난 글래머로 인기가 높았던 호주의 한 여배우가 결혼을 하고 나서 토크쇼에 출연했다.

사회자는 여배우에게 솔직한 질문을 던졌다.

"당신의 그 몸매, 엄청난 가슴에 반해 접근하는 남자들이 굉장히 많았을 텐데, 어떻게 이 남자라는 걸 알았나요?"

그러자 여배우는 대담하게도 사회자에게 손을 뻗어 눈을 가린 뒤 물었다.

"내 눈이 무슨 색이죠?"

사회자는 얼굴이 벌겋게 달아올라 어쩔 줄을 몰라 했다. 물론 대답도 하지 못했다.

"초록색이에요."

여배우는 이렇게 말하며 덧붙였다.

"다른 사람들이 제 가슴만 보고 있을 때, 지금 남편이 그 질문에 대답했던 유일한 사람이었어요."

내가 올리비아 핫세는 아니지만, 그녀가 저 말을 하기까지 거쳐야 했던 수많은 상처가 보였다. 화려함 뒤에 숨겨진 그녀의 고독 말이다. 18년의 해외 생활, 누구는 참 부럽다고 말한다. 한껏 화려해 보이는 해외 생활 속에서 가족도 없이 혼자 견뎌야 했던 시간들과 바빠 보이는 나의 하루 끝에는 늘 외로움이 기다리고 있었다.

싱글 생활을 하는 동안 내가 좋다고 그토록 쫓아다닌 남자들은 많았으나, 그중 어느 누구도 나의 글을 읽은 사람은 없었으며, 내가 바라는 꽃 한 송이를 사준 적이 없었다. 그들은 뜨거웠지만 이내 식었으며, 나를 사랑한다고 했지만, 내가 원하는 것이 아닌 그들의 방식대로만 사랑하였다.

늘 '이 사람이면 참 좋겠다'라는 간절함으로 연애를 이어왔지만, 사소한 거짓말이 쌓여가고, 하루 끝자락이 되도록 울리지 않는 휴대폰을 머리맡에 두고 잠들며 연락을 구걸하게 되고, 점점 거칠어져 가는 말투가 정도를 지나쳐 물건을 집어 던지게 되는 상황을 참고 또 받아주며, 나는 어느샌가 을의 연애를 하고 있었다.

외로움을 억지로 감추려 할 때도 있었고, 잊으려 할 때도 있었다. 정말 그렇게 잊게 되어 혼자가 익숙할 때가 있었고, 그러려니 받아들이는 서른셋. 나는 이제 외로움을 친구처럼 대할 수 있게 되었다. 이상한 사람을 만나 고통스러울 바엔 차라리 외로움이 편했다. 그래도, 그럼에도, 한편으로는 누군가 알아주었으면 했다. 나는 '사랑'이라는 감정보다, 그저 제대로 된, 그저 상식이 통하는 사람을 만나고 싶었다.

나의 이름을 부르는 그 순간에도 따뜻함이 묻어있는 사람을 만나고 싶었다. 내가 무슨 생각을 가지고 사는지, 어떤 글을 쓰는지 궁금해하는 사람, 다정한 사람을 만나고 싶었다. 거짓말하지 않고, 무례하지 않으며, 기분이 태도가 되지 않는 사람. 잘못을 하면 자신의 잘못을 인지하는 사람. 그래서 더욱 조심할 줄 아는 사람을 만나고 싶었다.

그리고, 만났다.

아무 날도 아닌데 꽃을 선물해주는 사람. 화려해 보이는 나의 인
생 뒤에 숨겨진 외로움을 이해하고 공감해주는 사람. 내가 전날 악
몽을 꿔서 기분이 축 처져 있으면 마카롱을 사다 주는 사람. 내가 키
우는 반려동물을 나만큼이나 아껴주는 사람. 뜨거운 사람이 아닌,
그렇게나 원했던 따뜻한 사람을 만났다.

이제는 싱글 일기가 아닌, 누군가의 아내로서 세상을 바라보는 글
을 쓸 것이다.

이제 더는 아프고 싶지 않은 언니에게,
이제는 지쳐서 더는 상처받고 싶지 않은 것이 꿈인 언니에게,
지나간 기억, 아팠던 모든 마음,
그리고 사랑하는 마음을 모아 드립니다.

연애 체질은 아니라서요

외면하고 싶은 거짓 같은 진실이 있다. '사랑'이라는 단어만큼은 언제나 달콤하고 핑크빛 넘치는, 우리가 흔히 바라는 그런 아름다운 모습이길 바라지만 사실 그 핑크빛은 잠시 후 바래며, '희생', '오래 참음'과 같이 우리가 썩 반가워하지 않는 무거운 것들이 포함되어 있기 때문이다. 마치 꿈이라는 단어 안에 '노력'이라는 현실이 포함되어 있듯이, 사랑이라는 현실도 마찬가지다. 사랑은 둘이 하는 것이 맞지만, 둘 다 똑같이 공평하게 사랑할 수는 없는 것이 대부분이다.

신이 이 세상을 이처럼 사랑하듯, 부모가 자식을 조건 없이 사랑하듯, 대부분의 남녀 관계에서도 둘이 사랑은 하되 누가 '더 많이' 사랑하느냐는 또 다른 문제라는 것이다. 나의 브런치나 블로그를 찾는 독자의 대부분은 '먼저 연락 없는 남자'의 심리를 알고 싶어서, 혹은 그의 심리는 이미 알지만 어떻게라도 그런 못된 놈에게 빠져버린 나의 자존감만이라도 되찾고 싶어서일 것이다. 꼭 맞는 답은 없다. 그러나 둘 다 똑같이 공평하게 사랑할 수는 없는 현실을 인정해버리면 많은 것이 쉬워진다.

'이 남자를 안달 나게 하는 방법', '내 고백을 받아주게 만드는 방법', '나를 절대 놓치지 않게 하는 방법', '이 남자를 사로잡는 법' 등, 많은 연애 고수 언니들과 오빠들이 하나같이 연애 스킬에 대해서, 밀당에 대해서 전수해주고 있다. 그 사람이 나를 조금이라도 더 사랑하게 하는 방법에 대해서 알려주지만, 진짜 '사랑'에 대해서는 알려주지 않는다. 현실 사랑, 즉, 오래 참음, 헌신, 봉사 등등 재미없는 단어와 그 무게에 대해서 말이다.

나는 연애에 대한 글을 쓰는 사람이지만, 그렇게나 찾던 내 짝을 만나고 결혼을 하게 된 후 확실하게 알게 된 사실이 있다.

'나는 연애 체질이 아니다'라는 것.

연애를 하면 나와 같이 밀당에는 소질 없는 미련 곰탱이가 되는 이들에게, 또 을(a.k.a. 호구)이 되는 여러분과 함께 울고 웃는 글을 나누고 싶다. 조금은 덜 아파지는 방법에 대하여 함께 이야기하고 싶다. 이 책에는 '그에게 세 번 전화 오면, 한 번만 받아라'와 같은 연애 기술이나 밀당 조언은 나오지 않을 것이다. 나에겐 대부분 있는 그대로 마음을 쏟은 기억밖에 없으니까.

"어떻게 이 남자가 나에게 연락을 더 많이 하게 할 수 있을까요?"라는 물음에도 해답을 줄 수 없을 것이다. 나 또한 울리지 않는 휴대폰을 머리맡에 두고 뒤척이며 보냈던 밤이 너무나 많았으니까.

"아니, 어떻게 사랑하는 사람에게 마음을 덜 주는 게 가능하지?"

당신이 이런 고민을 하는 사람이라면, 위와 같은 질문을 하는 사람이라면, 나는 어쩌면 당신이 연애 체질이 아닐 수도 있다는 생각이 든다. 이제는 정말 내 짝을 찾고 싶은 사람에게, 운명의 사랑이라는 게 정말 있는지 의문이 드는 사람에게, 조금은 덜 아프게 사랑할 수 있는 방법을 알고 싶은 사람에게, 나쁜 남자를 구별하기 이전에 나부터 좋은 사람이 되고자 지금도 발버둥 치는 그런 착한 언니들에게,

그러니까 우리가 흔히 말하는 재는 사랑, 예쁘게만 연애하는 거 말고, 뜨거운 감정이 더 오래 지속되게 붙잡으려고 하는 거 말고, 좀 더 그를 혹은 그녀를 나의 것으로 조련시키는 방법 말고, 이런 핑크 빛 연애가 끝나더라도 나와 평생을 함께하는 사람에게 갖춰야 할 예의에 대하여 이야기를 나눠보고자 한다.

시, 작!

성격과 인격 사이

"스더 언니, 그 사람은 사람들이 많이 모인 곳에서 리드도 잘하고, 어딜 가나 분위기 메이커였어요. 소심한 저를 이끌어줄 수 있을까 기대하며 반하게 되었죠. 그만큼 성격이 너무 좋아 보였어요. 그런데, 리드를 잘하는 성격 유형이라 그런지 모르겠는데, 저랑 사귀는 와중에도 주위에 여자가 끊이질 않아요. 오히려 즐기는 것 같았죠. 이 남자, 나쁜 남자인가요?"

사실 누군가를 나쁜 남자라고 정의하기 전에 여러분께 고백할 것이 있다.

나도 그랬다. 나도 누군가에겐 나쁜 여자였다.

나도, 병신이자 쌍년(다음부터는 BS, SN으로 표기)이었다.

나는 한낱 김칫국물이나 교복에 묻히고 다녔던 평범했던, 아니, 지질했던 쭈구리 중학생이었을 뿐이었다. 그런 내가 중국 상하이에선 평범하지 않게 되었다. 한국, 일본, 대만 등 기타 국을 통틀어, 중고등학교를 통틀어 청음이 가능한 유일무이한 키보디스트였으며, 그 당시 그토록 선망의 대상이었던 일본 꽃미남들로 구성된 학교 대표 밴드에 무려 최초 스카우트를 당하여, 크고 화려한 무대에 올라가는 유일한 - 여자 - 사람이 되어버린 것이다. 전 학년생으로부터 관심을 받는 것이 어찌 보면 당연하였다. 그 뒤로, 한꺼번에 여러 남자들이 나에게 대시를 하면, 앞에서는 수줍어하는 척, 그렇다고 단칼에 거절하지 않았다.

"상처받을까 봐…"라는 말로 그럴듯하게 덮었지만, 사실은 내심 나도 즐기고 있었던 것이다.

나에게 가져다주었던 많은 편지와 책상 위에 놓였던 비싼 머그컵, 엄청나게 큰 인형, 바구니 넘치도록 받았던 사탕과 빼빼로, 공연에서 날 쳐다보는 시선들과 함성, 태어나서 처음 받아보는 큰 관심이었다. 그런데 나에게 다가오는 호의를 단칼에 자르면, 이 모든 것들을 더 이상 누릴 수 없을 것 같았다. 한동안 나는 꽤 오래도록, 성인이 된 후로도 그렇게 누군가에게 나쁜 여자였다.

나는 밝고 명랑하다는 소리를 많이 들었다. 덜렁거리기도 하고 푼수이기도 하고 엉뚱하기도 하지만, 그러나 또 지는 것은 싫어해서 이 악물고 공부할 때는 밤을 새워서라도 공부하고, 시험이 끝나면 누구보다 앞장 서서 힘차게 노는 사람이었다. 이 정도쯤이면, 내 자신이 꽤 괜찮은 사람인 줄로만 알았다.

"남자가 주위에 많은 걸 어쩌겠어."
"그냥 걔들이 날 좋아하는 건데 내가 어떻게 할 수는 없어."
"내가 좋아하는 옷은 이렇게 몸매가 드러나는 원피스야. 너도 그래서 나 좋아한 거 아니었어?"
"알고 사귀었으니까, 네가 감당해야지. 난 원래 이런 사람이야."
정말 부끄럽게도 나는 이런 말을 쉽게 하던 BS였다.

성격과 인격의 차이를 몰랐으며, 내가 누군가에게 주었던 수많은 고통을 배로 받고 받으며 내가 얼마나 남들에게 상처를 많이 줬으며, 별로인 사람이고 이기적인 인격을 가지고 있었는지 점점 깨닫게 되었다.

'성격'의 성은 마음 心과 날 生으로 만들어져, 태어날 때부터 가지고 태어난 기질이나 성질에 기반을 둔 것이다. 사람은 타고난 성격과 성질을 기반하여 환경의 영향을 받는다. 성격이 형성되는 과정 속에서 내가 속한 사회와 타인에 대해 고민하고, 때로는 인내하며 다듬어지는 것이 인격, 즉 사람다운 됨됨이와 품격이 되는 것이다. 내성적인 아이는 자라나며, 사회화를 강요시키는 환경으로 인하여 본래의 내성적인 성격을 적당히 외형적으로 바꾸게 되는 방법을 터득하기도 하고, 한없이 외형적이었던 아이가 왕따를 경험하게 되면 말을 잃고 방어적인 성향을 가지게 될 수도 있을 것이다. 또 사람을 도우며 칭찬을 받는 아이는 뿌듯한 마음이라는 것을 경험하게 되고, 차츰 어려운 사람들에게 자신의 것을 베풀고자 하는 마음을 품게 될 것이다.

진정한 사랑은 사람의 인격을 발전시킨다. 이 사람이 무엇을 좋아할지에 대한 고민으로부터 시작하며, 그것이 자연스럽게 배려의 형태로 나타나기 때문이다. 상대를 배려하고 존중하고 '어떻게 하면 상대를 기쁘게 해줄 수 있을까'라는 생각으로 온통 내 의식이 쏟아져 있어서 나에 대한 인식을 잃어버릴 때 오히려 행복해진다. 내 기쁨이 사라져 버리고, 나에 대한 인식이 없어져 버리는 것. 어떻게 이 사람의 마음을 얻고 기쁘게 하고 행복하게 해줄까. 그 의식이 우리에게 설렘을 가져오고 기쁨을 주고 행복하게 만드는 것이다.

"나는 원래 연락을 잘하지 않는 사람이지만, 너를 사랑하니까 네가 걱정되지 않게 연락할게."

"나는 원래 무뚝뚝하고 표현을 잘하지 않는 사람이었는데, 내가 애교 부리는 것을 네가 이렇게나 좋아해 줄지 몰랐어."

"나는 이렇게 붙는 원피스를 좋아하지만, 네가 좋아하는 스타일이 단아한 스타일이라면 긴 주름치마와 셔츠를 입어볼게."

"널 만나기 전에는 이성들과 가까이 지냈지만, 걱정되지 않게 단둘이 만나지 않을게."

그렇게 서서히 서로에게 물들어 가는 것이 사랑이 아닐까? 그런데, 절대 나를 바꾸지 않고 상대를 내 원하는 스타일로 바꾸려는 사람이 있다. 상대의 스타일을 있는 그대로 인정하지 않고 나의 즐거움을 위해 상대를 바꾸려고 하는 것은 존중이 아니라 이용하는 것밖에 되지 않는다. 내가 원하는 대로 안 해주면 삐지고 드러눕는 것. 아이였을 때야 떼쓰고 드러눕는 것이 '오구오구' 하며 허용되지만, 다 큰 성인의 사랑에서 어느 한쪽이 이런 식으로 나온다면 극구 말리고 싶다. 아직 사랑할 때가 되지 않았기 때문이다. 인격이 눈뜰수록 진정한 사랑을 알게 되고 존중을 배우게 된다. 미숙한 사랑일수록 상대방의 의지를 꺾고 마음을 아프게 하는 것. 내 고집대로 하는 것. 젊은 남녀들은 흔히 그것이 사랑인 줄 알지만, 그것은 상대방을 이용하는 것이지 사랑이 아니다.

아직 나 역시도 완벽한 인격을 가지고 있지 않다. 아직도 거지 같은 나의 본성, 다듬어지지 않은 성격이 튀어나올 때마다 흠칫 놀라며, 조금 더 조심하고 어제보다 더 나은 사람이 되길 바랄 뿐이다.

그렇다. 한때 우린 모두 BS이며, SN일 수 있다. 그러나 괜찮다. 아직 우리에겐 사랑할 기회가 남아있으니. 우리는 그렇게 점점 나아질 것이다. 사랑을 받는 것은 당연한 것이 아니다. 사랑이 권리가 되지 않았으면 좋겠다. 나이가 들어가는 것, 젊음이 사라져도 감사할 수 있는 이유는 더 사랑할 줄 아는, 더 나은 인격을 가진 나를 기대할 수 있어서가 아닐까?

문제는 사랑하는 사람을 만나, '얼마나 성장하고 있느냐'인데,
당신은 사랑하고 있나요?
성장하고 있나요?

이별의 상처로 울고 있는 동생에게

밤 12시.

"언니, 나 언니 집에 가도 돼?"

울먹이는 목소리로 전화하는 나의 사촌 동생. 그녀의 첫마디는,

"언니, 나 차였어."

소리 없이 눈물을 흘리는 그녀에게, 나는 맥주를 건네며 축하한다고 말했다.

대전에 사는 그를 보러 매번 내려가는 것을 마다하지 않았던 내 동생. 정작 그놈은 단 한 번도, 내 동생과 연애하며 천안에 올라오지 않았다고 한다. 만날 때마다 동생은 그를 위해 운전을 해야 했고, 무거운 짐을 동생이 들고 있어도 한 번도 들어준 적이 없다고 한다. 한번은 동생이 부모님과 싸워 밤 12시에 무작정 집을 나와 방황하고 있을 때다. 남자 친구에게 전화를 했더니, 걱정은커녕 졸리다면서 그냥 잔다고 전화를 끊었다고 한다. 뿐만 아니라 길에서 혼자 욱해서 소리를 지르기도 하고, 동생의 외모를 비하하고 살을 빼라고 압박을 주며, 가슴골이 있는 야한 여자의 사진을 자신의 프로필 사진으로 설정해놓기도 한다는 것이다. (이런 남자 심리에 대해서 좀 알려주실 분?) 안 그래도 이야기를 들으며 '이런 남자 만나지 마세요'에 나오는 모든 남자의 요소를 다 가지고 있는데, 제일 열 받는 것은 문자로 딱 헤어지자고 통보를 했다는 것이다. 동생은 어이가 없어 그놈 SNS에 들어갔더니, '나에게 봄이 왔다'라는 소리를 지껄이더란다. 심지어 환승이별이라니.

이렇게 BS임을 매 순간 인증하는 그놈, 그런 놈을 좋아하는 내 동생. 그런데 동생은 가방에서 또 주섬주섬 무언가를 꺼냈다.

"걔가 이렇게 나에게 달고나 사탕을 주고… 애는 착했는데…."

울먹거리며 그놈 편을 들고 있다. 달고나 사탕, 천 원이나 하려나? 내 동생은 그놈에게 주려고 정말 비싼 곶감 세트를 사 갔는데 말이다.

"괜찮아. 분명 자니? 하고서 연락이 올 텐데 받아주지 마"라고 말하며 토닥여주었다.

그런 놈을 만나지 말아야 한다는 것쯤은 본인도 알고 있다. 우리가 흔히 아는 모든 연애 상담 조언자들이 그렇게 혼을 내어도 고쳐지지 않는다. 아무리 괴로워도 가슴이 원하는 대로 행동하게 되는 게 사람이니까. 사랑하니까, 괴로워도 을이 되는 것이다. 안 그래도 사랑 때문에 상처받고 울고 있는 언니들에게 '을'이 아닌, 갑이 되라고 가르쳐도, 내가 할 수 있는 사랑은 다 내어주는 것이고, 나는 그렇게 곰 같은 사랑밖에 못 하는데, 그렇게 하지 말라고, 자기 팔자를 자기가 꼰다며 혼을 낸다. 밀당을 하라고 자꾸 가르친다. 그놈보다 나를 먼저 사랑하고, 다 보여주지 말라고 한다.

많은 사람이 밀당을 잘해야 관계가 오래간다고 믿지만, 언제까지 그럴 건데? 같은 공간과 시간을 나누어 쓰며, 서로의 허물없는 모습에 때로는 실망하지만 그럼에도 희생과 헌신이 필요한 결혼 생활에서도 밀당을 할 건가?

곶감을 주고도, 달고나 받은 것을 더 기억하고 고마워하는 나의 동생. 주고받는 것이 당연한 이 세상에서, 동생의 이런 마음이야말로 오히려 칭찬받아 마땅하지 않은가?

지금 연애에서 을이 되었다고 슬퍼하지 말자. 사랑에 실패한 것은 오히려 계산하고 있는 그들이다. 그들과의 연애에 실패했을지언정, 당신은 사랑에 실패하지 않았다. 일단 내가 퍼주는 마음을 받을 그릇이 있는 사람을 만나기만 하면 된다.

이런 곰 같은 사람은 연애 체질이 아니다. 사랑 체질이다.
연애는 좋은 모습만을 보이면 그만이지만, 사랑은 사람을 품는다.

당장 어설퍼 보여도, 매력이 없어 보여도,
곰한테 너무 뭐라 하지 말자고.

To 동생에게,

사랑하면 을이 되는 내 동생, 이 험난한 세상에서 여우가 아닌 곰탱이로 사느라 피곤하지?

네가 잘못한 건 없어.

너 같은 보석을 알아보지 못한 그 사람과 헤어진 것은 오히려 잘된 일이야.

그렇게 시달리다가, 정말 괜찮은 사람을 만나면 작은 사랑을 귀하게 여기고 감사할 줄 아는 더 귀한 사람이 될 거야. 더 행복해지려고 준비 중인 거니까, 너무 자책하지 말자.

지금 나를 놓친 걸 꼭 후회하길 바라고 있지? 근데, 진짜 그렇더라. 헤어지고 언젠가는 꼭 다시 한 번 찔러보더라. 그런데 그때엔 내가 뭐 이딴 놈을 좋아했지? 라는 생각이 들 거야. 조금만 아프고 다시 건강해지자, 곰은 우직하게 금방 다시 일어설 수 있으니까. 아자!

딱 한 사람이면 됩니다

한국에 온 지 2년, 늘 어디로 가야만 했던 나였는데 2년이라니. 최
장 기록이다.

18년의 떠돌이 생활을 했던 나에게 한국은 힘든 광야와도 같았다.
늘 다음 목적지로 떠나기 전, 단순 경유하는 땅. 나에겐 그 이상, 그
이하도 아니었다. 한국 사람이어도 늘 한국이 낯설었다. 그런 땅에
서 무려 2년이라는 시간이 지났다. 누군가 나에게 집을 물어볼 땐

늘 '상해'라고 대답했는데, 이제는 '한국'이 내 집이라고 말할 수 있게 되었다.

내가 미혼 여성일 때, 먼저 결혼한 언니들에게 자주 물었던 질문이 있었다.

"비법이 뭐예요?"

참 신기했다. 아무리 노력해도 나에겐 너무나 힘들었던 그것. 내가 아무리 간절하게 바라고 또 바라더라도, 매번 그 '사랑'이라는 단어 앞에 무너져야 했던 많은 나날을 보낼 때면, 또 아무렇지도 않게 힘들지 않게 결혼을 한 유부녀 선배들을 볼 때면, 그들이 마냥 부럽기도 하고, 특별하게 보였다. 그런데, 요즘 내가 그런 질문을 받는다.

"언니 남편 너무 좋아 보여. 너무 진국이라 보면 볼수록 부러워. 그런 사람 만나려면 어떻게 해야 해?"

답은 너무나 싱겁고 식상한 것이었다. 쟁취도 아니었고, 노력도 아니었고, 밀당도 아니었고, 다만 '타이밍'이라는 것이었다. 먼저 결혼한 언니들이 아무렇지 않게 뱉었던 "타이밍이 맞았어"라는 대답은 틀리지 않았다.

나에게 있어 타이밍이란 이런 것이었다. 아프고 또 아프고, 바라고 또 바랐던 기대가 철저하게 무너지는 것을 반복하다 보면, 원래 가졌던 모든 환상과 이상형에 대한 기준이 무너지면서 다시 갱신할 기회가 많아지게 된다. 처음엔 '이래야만 해'라고 정의했던 외모에 대한 기준이 무너지고, 그다음엔 '알콩달콩'이라는 환상, '나를 공주처럼 대접'해주는 환상(남자일 경우에는, '나를 어떤 상황에서도 잘 이해해주는 여자'일지도)이 점차 사라지게 된다.

한때 제일 사랑했던 사람에게 거절을 당하고 또 당하며, "나 여기가 아파요"라는 말을 하기조차 버거워진 사람에게 희망적인 소식이 있다. 이 세상 모든 남자와 혹은 여자와 헤어지게 되더라도, 결국은 딱 한 사람만 만나면 된다는 것이다. 무너짐을 반복하다 보면, 단순히 머리로 정의 내린 기준이 아닌, 가슴으로 원하는 기준이 생기게 된다. 이 기준이 비록 추상적이고 아득해 보일지는 몰라도, 무너짐을 반복한 사람일수록 쉽게 알 수 있을 것이다.

아주 깜깜한 곳일수록 작은 빛은 반짝반짝 더 빛이 나니까. 수많은 거절을 받고 나서야, 똥을 많이 밟고 나서야, 진흙 속의 진주가 더 잘 보이는 것이다. 나는 그동안 세상 어디에도 내 마음을 만져주는 사람을 만나지 못하였다. 5년 전의 나였다면, 혹은 3년 전의 나였다면 몰랐을 것이다.

나에게 타이밍이란, '이 사람이 이렇게 해줘서'가 아니었다. 서로의 환경이 받쳐줘서도 아니었다. 그저 이 사람의 존재만으로도 한없이 감사할 수 있는 내가 되었기 때문에, 그 타이밍이 찾아온 것이다. 알콩달콩 이라는 환상을 버리고 포기했던 모든 기준, 그러니까 남들이 당연하다고 생각하는 그런 모든 기준이 나에게는 권리가 아닌 감사로 다가왔기 때문이다.

나 대신 음식물 쓰레기를 버리는 것, 설거지를 해주는 것, 사소한 약속을 지키는 것, 단순히 이해가 아닌, 나의 모든 일상을 같이 공유하고 울고 웃는 것. 나에게는 당연한 것이 아니라 그토록 아프게 바라고 바라왔던 순간들이기에, 더욱 감격스러운 것이다. 늘 상처받지 않는 것이 나의 소원이었는데, 상처받지 않는 것을 넘어서 아주 행복할 수 있게 되었다.

딱 한 사람이면 되었다.

어느 날 문자로 헤어짐을 통보받아 하루아침에 허망하게 사라지는 관계가 아닌, 그 딱 한 사람이 나의 가족이 되었다. 그의 세상과 나의 세상이 함께 묶여 마침내 내가 한국을 '집'이라고 말할 수 있게 되었다.

'이 행복이 영원히 가게 해주세요'라는 행복에 초점을 맞춘 기도가 아닌, 지난날 내가 겪었던 아픔과 간절함을 잃지 않기를 기도하고 있다. 결국 성숙한 타이밍이란, 상대방이 아닌, '나의 마음'에서 오는 것이라는 것도 알게 되었다. 나는 이 사람이 변하는 것보다, 내가 이 마음을 잃는 것이 더욱 두렵다. 그렇게 오래 찾아 헤맸기 때문에 더욱 소중하고, 더욱 조심하고, 더욱 감사를 잃지 않기를 바라는 것이다.

백마 탄 왕자는
세상에 존재하지 않는다

"선생님, 저는 어른이 되면 잘생기고, 능력 있고, 나만 바라봐주는 남자랑 만나서 결혼할 거예요."

내가 과외를 하며 가르쳤던 모든 여학생의 이상형은 하나같이 다 똑같았다. 키가 작으면 절대 안 되고, 꼭 재벌이 아니더라도 내가 일하지 않아도 나를 먹여 살릴 만큼의 돈은 벌어야 하며, 나에게 다정해야 하며, 다른 여자에겐 눈길조차 주지 않는 것이다.

우리는 너무 많은 드라마를 보았다. 아니, 드라마를 보기 전, 너무나 거짓된 동화에 세뇌되며 자라왔다. 모든 여자가 어느 날 나에게 유리구두를 들고 운명처럼 찾아올 왕자를 기다리고, 또 기다린다. 우리가 흔히 아는 모든 동화와 드라마에는 그와의 결혼식 장면이 해피엔딩으로 장식된다. 나도 별반 다르지 않았던 여자였다. 나에게 운명과도 같은 상황이 찾아왔을 때, 나는 그것을 정녕 해피엔딩으로 믿고 싶었다. 당신이 나였다면, 이 상황을 어떻게 받아들였을지 질문하고 싶다.

상황 1.

스물넷. 프랑스에서 유학을 하던 나는 짧은 부활절 휴가(Easter Vacation)를 맞아 파리로 홀로 여행을 떠났다. 가난한 유학생인지라 변변한 식사는 포기하고, 이왕 여행 왔으니 저녁에 간단하게 맥주나 와인 한잔을 마시며 재즈 공연을 구경하고 싶었다. 길치였던 나는 노트르담 성당 앞에서 기웃거리다가 도저히 목적지를 찾지 못하여 한국인처럼 보이는 아무 사람에게 말을 걸었다.

"이곳을 아시나요?"

"잘 모르겠어요. 저 지금 배고픈데 밥 먹으러 갈래요?"

그 아무 사람은 나에게 대뜸 식사를 같이 하자고 했다. 배고픈 유학생은 나쁜 사람처럼 보이지 않는 그를 졸졸 따라갔다.

(나중에 알고 보니) 그는 나를 파리에서 제일 비싼 레스토랑으로 데리고 갔다. 한껏 차려입고 오는 식당의 호화스러운 분위기에 압도되어 여행자의 캐주얼한 복장에 신경이 쓰이는 나와 달리, 그는 여유롭게 메뉴를 이것저것 주문하였다. 그가 나에게 "학생이세요?"라고 물었을 때, 나는 그제야 그가 어눌한 한국어를 구사한다는 것을 알게 되었고, 곧 그가 캐나다 교포라는 사실을 알았다. 우리는 학업에 대하여 이런저런 이야기를 하며, 졸업 후 인턴십을 할 예정이라는 말을 했는데, 그가 대뜸 이렇게 말했다.

"우리 회사에 오면 인턴십 할 수 있어요."

"네?"

"ㅇㅇ 회사를 구글링 해보세요."

알려준 대로 회사를 구글에 다 치기도 전에 자동완성이 되었고, 내 앞에 앉아있는 그의 사진과 이름이 함께 나왔다. 그는 유능한 사업가였다.

"아, 대표님이시구나."

급 공손해진 나에게, 그는 내일 파리에서의 일정이 어떻게 되냐고 물었다. 여행 일정이 크게 다르지 않다면 함께 다니자는 제안에, 이 사람 신원도 밝혀졌으니 뭐 그러지, 하고 다음 날과 그다음 날 일정을 함께하였다. 그는 자신이 어떻게 사업을 시작하게 되었는지, 어떻게 사업을 키웠는지에 대한 이야기도 해주었고, 학부만 마치려던 나에게 무엇을 전공하든 일단 대학원을 진학하는 것이 앞으로의 커리어에 도움이 될 것이라는 조언도 해주었다.

학교 과제로 인하여 다시 릴에 돌아가는 테제베에 올라타는 나에게 그가 다급하게 말했다.

"You know I am a business man, I always had chances and I never missed it. However, I think you are the one. It could be my biggest opportunity in my entire life."

(나는 비즈니스 하는 사람이야. 항상 기회가 있었고, 한 번도 놓친 적이 없어. 그런데 말이지, 나는 그 기회가 너 같아. 아마 내 인생 최대의 기회일 수도 있을 것 같아.)

갑작스러운 프러포즈에 당황한 나는 손을 흔들며 인사를 하고, 쿵쾅거리는 나의 심장을 진정시키느라 애를 먹었다.

상황 2.

스물아홉. 상해에서 한창 영어 과외를 할 때였는데, 내가 잘 가르친다는 소문을 들었다며 자신도 과외를 받을 수 있냐고 문의가 들어왔다. 채팅창에서는 사진도 없이 자신이 완전 영어 초보이고 상해에 온 지 얼마 되지 않아 잘 부탁한다는 말밖에 안 했으므로, 그가 직장을 다니는 남자 사람이라는 것 이외에는 알지 못하였다.

약속된 카페에 들어갔는데, 세상에. 언뜻 봐도 키가 190cm 정도

되는 것 같은데, 게다가 차은우 닮은 사람이 일어나 "안녕하세요, 선생님"이라고 인사를 하는 것이다. 상상하지 못했던 인물이라 조금 놀랐으나, 훗, 나는 프로니까. 학생을 사심 없이 대하며 과외를 이어갔다.

자연스럽게 자기소개를 영어로 진행하며 그가 아버지의 도움을 받아 상해에서 사업을 시작한다는 것, 나보다 세 살이 어리다는 것, 연예인을 많이 안다는 것을 알게 되었는데, 과외를 한 달쯤 했나.

"선생님, 저녁 식사를 대접하고 싶습니다."

수업을 마치고 식당으로 가는데 빨간 벤츠를 끌고 왔다. 차에 대해서 잘 모르는 나도 벤츠가 좋은 건 아는데, 그 차는 좀 많이 좋아 보였다. 그가 식사를 하며 말했다.

"누나라고 해도 될까요? 사실은 처음부터 누나가 좋았어요."

자, 당신이 나였다면 위의 두 상황에서 어떤 마음이 들었을까? 여자라면 한 번씩은 상상하는 로맨틱한 상황 아닌가?

그런데 안타깝게도, 저 상황들은 해피엔딩으로 끝나지 않았다. 상황 1의 남자는 너무나 바쁘다며 일주일 동안 한 번도 연락을 하지 않았으며 - 그러는 와중에 SNS에는 파티에서 만난 다른 여자와 찍은 사진을 올렸다 - 상황 2의 남자는 룸살롱을 가는 것쯤은 대수롭지 않게 생각하는 사람이었다.

분명 동화나 드라마에서는, 저 상황이 끝이었는데 현실은 달랐다. 인기 있는 모델인데 바람둥이, 유능한 디자이너인데 분노조절장애, 유명한 투자 전문가인데 일부다처제를 원하는 사람.

와우! 했던 것이 끝이 아니었다.

나는 하루 종일 울리지 않는 휴대폰을 꼭 쥐고 잠이 들었고, 울었다. 남자 학생을 받지 않아야겠다, 라고 마음을 먹게 되어 나의 밥줄에 영향을 끼쳤다. 그리고 그들은 몇 년째 나의 글에 등장하면서 나의 복수를 맛보게 된다.

그러고 보면 신데렐라, 인어공주, 라푼젤에 나오는 남자들은 하나같이 다 왕자인데 '그가 어떤 성격을 가졌느냐'는 묘사되지 않는다. 집집마다 구두를 들고 집요하게 찾아 헤매는 신데렐라의 왕자가 스토커에 유리구두라는 패티시를 가진 변태였을지 누가 아는가. 백설공주가 일곱 남자 난쟁이들과 동거를 하며 무슨 일이 있었을지 누가 아는가. 인어공주의 왕자도 결국 자신을 살려준 보배를 알아보지 못하고 여우 같은 마녀에게 홀딱 넘어간 멍청이 않았는가.

왜 죄다 왕자의 권력과 지위는 묘사되는데, 결혼을 준비하며 "왜 저딴 애를 데려와!!"라고 구박했을 신데렐라의 시어머니와 "난쟁이들과 사는 동안, 정말 아무 일도 없었소?"라고 묻는 왕자의 의심 따위는 나오지 않는가. 실제 인생과 연애에는 이런 것들 때문에 울고 웃는데 말이다.

결론은, 이 세상에 완벽하게 백마 탄 왕자는 없다는 것이다. 왕자 따위는 기다리지 말라는 말이다. 만났다 해도, 그 왕자에게는 큰 하자가 있을 터인데, 하자가 발견되었으므로 이미 백마는 사라진 평범한 왕자일 뿐이다. 우리가 교육받은 대로, 세뇌된 대로, '왕자'와 같은 외적인 요소에 너무 끌리지 말라는 것이다. 로맨틱한 상황이 그를 왕자로 보이게 할 수도 있다. 그러나 그보다 중요한 것은, 그 상황이 끝난 뒤에 맞이할 함께라는 현실인데, 그 현실에서마저 그는 혹은 그녀는 왕자인가, 공주인가이다. 그런 운명 같은 상황도 너무 믿으면 안 된다는 것이다.

나는 남편을 전 직장에서 만났다. 회사 대청소 날에, 그는 모두가 열기조차 꺼려하는 냉장고에서 몇 년 묵은 족발이며, 구더기가 잔뜩 묻어있는 빵을 음식물 쓰레기 봉지에 아무렇지도 않게 담았다. 무뚝뚝한 줄로만 알았는데, 회식 장소에서 허리가 구부러진 할머니에게 껌을 사는 모습을 보고 나는 감탄했다. 한없이 무뚝뚝한 대리님인 줄로만 알았는데, 좋아하는 사람에게만 다정한 사람이었다.

어느 날 갑자기 백마를 타고 화려하게 등장하진 않았으나, 살면서 한 번도 받아보지 못했던 꽃을 나에게 선물해주었고, 내가 아침을 먹지 않는 것을 알고 늘 책상에 따뜻한 두유를 챙겨주었다. '연락할게'라고 약속하지 않고, 그냥 연락을 해주었으며, 같이 길을 가면서도 한 번도 나보다 예쁜 여자에게 눈을 주지 않았다. 지금도 남편은 추운 날씨에 전단지를 나눠주는 사람들의 전단지는 꼭 받는다.

그의 사소하고 다정한 습관은 현실에서도 이어지는데, 요리하는 나를 뒤에서 가만히 안고 꼭 고맙다고 해주고, 내가 외출할 때면 나의 신발을 신기 좋게 돌려주고, 음식물 쓰레기도 마다하지 않고 치워주며, 떨어진 단추도 직접 달아주고, 다음 날 입을 출근 옷도 나보다 더 잘 다려준다. 다른 사람에게는 무뚝뚝하고 무서워 보여도 나에겐 한없이 자상한 매일의, 그리고 내가 그렇게나 애타게 찾고 찾던 현실의 왕자님이다.

이제 우리는 정신을 차릴 필요가 있다. 내가 상상했던 것만큼 잘생기고, 키가 크고, 나만 보는 돈 많은 '백마를 탄 왕자님'은 절대로 오지 않는다. 진짜로 어쩌다가 백마 탄 왕자를 만날 수도 있다.

그런데 당신 자신이 공주, 혹은 왕자이냐는 말이지.

그러니까 제발 그만 기다려.

Ps. 추운 날 따뜻한 캔 커피를 건네줄 수 있는 현실 왕자님이, 혹은 공주님이 의외로 당신 곁에 있을 수 있으니, 다시 눈을 크게 떠보는 것은 어떨까?

사랑만큼은
갑과 을이 없어야지

결혼 전 나의 연애는 늘 불안함이 가득하였다. 어느 한쪽이 끈을 놓아버리면 그만, 간당간당한 위태로움의 연속이었다. 늘 눈치를 보았다. 늘 을이었다. 혹여 상대방의 기분이 나빠지지는 않을까, 그래서 화를 내면 어떡하나 무서웠다.

비행기 시간이 연착된 것이 내 잘못이 아닌데도 나는 미안하다고 말했으며, 같이 가기로 했던 식당이 문을 닫으면 또 미안해했다. 내 생일을 맞이하여 함께 갈 식당 예약을 하면서도, 상대방이 좋아하지 않으면 어떡하나 걱정하였다. 내가 이 옷을 입으면 또 기분이 상하지 않을까, 떡볶이를 많이 시켜 남아도 내 잘못, 길을 가다가도 보폭을 맞추지 못해 상대가 화가 나면 또 "미안하다"라는 소리를 반복했다. 지금 생각해보면 바보 같은 짓이었지만, 그때 당시에 옳고 그름은 중요하지 않았다. 그저 상대방이 나에게서 떠날까 봐 무서웠다. 내가 이 사람에게 "사랑한다"라는 말을 뱉었으니, 그 말에 언제까지나 최선을 다하고 싶었던 것뿐이었다.

나는 나의 서운함을 말하지 않았다. 나의 서운함으로 인하여 싸우게 되면, 이 사람의 기분이 나빠질 것이고. 그래서 헤어지게 될까 봐 말을 아꼈다. 점점 말이 없어지고, 마음이 다치고, 결국 마음이 닫혀버렸다. 참고 참았던 내가 마음이 닫혀 이별을 고할 때 상대방의 반응은 늘 같았다.

"다시는 안 그럴게."

물론 그 말을 믿어보고 기회를 주기도 했다. 그러나, 그 어떤 이도 잠깐은 변화된 모습을 보이지만, 근본적으로 '갑'이 되는 태도는 변한 적이 없다. 얼마 지나지 않아, 또 나에게 쓰레기를 던지곤 했다.

있을 때 잘하라는 말, 우리는 그 진리와도 같은 구절을 어릴 때부터 귀에 못이 박히도록 들어왔으면서도, 정작 가까운 사람에게 쓰레기를 던진다. 그만큼 소중하지 않아서다. 아니, 소중함을 깨닫지 못하는 어리석음 때문이다. 이 사람이 나를 더 사랑하는 것을 알기에, 이 사람이 그래서 나를 떠나지 못할 것이라는 사실을 알기에 교묘하게 이용하는 것이다.

내가 좋은 사람을 만났는지 알 수 있는 방법이 있다. 이 사람이 나를 떠날까 봐 걱정 때문에 상대에게 조심하게 되는 관계가 아닌, 그저 '이 소중한 사람이 상처받는 것을 보는 것만으로도 너무나 아파서'라는 생각이 들어 조심하게 되는 관계가 건강한 관계다. 이미 어느 순간에도 당신을 놓지 않겠다는 신뢰가 쌓였기 때문이며, 서로 상대가 원하는 것을 해주고, 상대가 싫어하는 것을 하지 않으려 노력하는 성숙한 관계임을 보여준다.

지금 이 글을 보는 여러분 중, 만약 나의 모든 바닥과 못된 모습을 다 받아주는 사람을 만나고 있다면, 그래서 "이런 사람 없어요"라고 말하는 사람이라면, 상대방을 '좋은 사람'이라고 칭하고, 그래서 나를 절대 떠나지 않을 거라는 믿음으로 나의 투정과 쓰레기를 함부로 버리고 있다면 꼭 해주고 싶은 말이 있다.

"이 세상 어느 누구도 '더 사랑하는 그(녀)'를 함부로 대할 권리가 없습니다."

사랑이 권리가 되면 사람들은 그 사랑을, 그리고 그 사람을 자신의 소유라고 착각한다. 그리고 그때부터 관계는 지옥이 되어버린다. 좋은 사람은 맞지만, 좋은 관계는 아니다. 연애만큼은 갑과 을이 있어서는 안 된다. 당신이 함부로 대하는 그 사람은 당신을 더 사랑한 죄밖에 없다.

반대로 이 글을 읽는 여러분이 만약 '상대방이 떠나갈까 봐'라는 전제가 있는 을의 연애를 하고 있다면, 제발 그 못된 관계에서 빠져나오라고 말리고 싶다. 당신의 더욱 사랑하는 예쁜 마음을 이용하지 않고, 소중하고 감사하게 받아줄 수 있는 사람을 만나라고 하고 싶다. 이렇게나 갑과 을이 넘쳐나는 세상에, 사랑에서만큼은 서로가 쉼이 되었으면 좋겠다.

진정한 사랑은 나를 채우려는 것이 아니라는 것을, 사랑이 권리가 아니라는 것을 늘 마음에 두고 상대방에게 기쁨을 주려고 노력하는 그 모든 과정 자체를 즐거워하는 사람들이 만나 사랑을 했으면 좋겠다.

사랑에 아파본 적 있나요?

모든 세상 이치는 기브 앤 테이크(give and take)라고 한다.

What goes around comes around.

가는 말이 고와야 오는 말이 곱지.

눈에는 눈, 이에는 이.

콩 심은 데서 콩 나고, 팥 심은 데서 팥 난다.

노력해야 성공한다.

뿌린 대로 거둔다.

자업자득.

인과응보.

대충 생각나는 것만 해도 이 정도인데, 세계 어느 곳곳에나 똑같은 말이 대대손손 전해져 내려오고 있다는 것은, 지금껏 우리 삶의 이면엔 보이지 않는 시스템이 구축되어 있음을 알게 해주는 단서라고 생각한다. 그럼에도 불구하고, 세상에 이러한 이치가 통하지 않는 것 같은 영역이 하나 있다. 바로 '사랑'이라는 것.

부모는 아이를 사랑하며 책임지고 아이가 장성할 때까지 거처를 마련해주고 먹여주고 입혀준다. 초등학생인 아이가 '아이고, 내가 황송하게 이 집에서 살고 있으니, 이번 달 월세를 모아 부모님에게 드려야지'라고 생각하거나, '학원비를 부모님에게 받기 미안하니 은행에서 대출받아야지'라고 생각하는 중학생은 없을 것이다. 대부분의 아이들은 부모에게서 받는 것을 당연하게 생각하며, 부모 또한 아이에게 필요한 공급을 당연하게 책임지며 살아간다.

그런데, 문제는 남녀 간의 사랑이다. 그렇게 받아 자라온 아이가, 이성에 눈을 떠서 사랑을 하게 되면,

꼭 누구 한쪽이 애매하게 '지는 사랑'을 하게 된다는 것이다. 똑

같이 50:50으로 사랑하는 반반 사랑의 법칙이 잘 적용되지 않는다는 것이다.

부모가 아이를 더 사랑하는 것이 일반적이듯이, 그래서 더 많은 것을 책임지듯이, 더 좋아하는 쪽이 늘 지게 된다. 을이 된다는 것이다. 그리고 갑이 되는 그 한쪽. 덜 좋아하는 사람은 관계에 주도권을 잡게 되고, 상대의 '공급'을 당연시 생각하게 된다.

이 얼마나 공평치 않은 일인가.

너도, 나도, 우리 모두 어느 집 귀한 아들이고 딸내미인데, 사랑이라는 것 앞에서 비굴해지고, 낮아지니 말이다. 어디 가서 절대 꿀리지 않는 당신이, 그 사람 앞에서는 유독 초라한 사람이 된다.

'옛다!' 하고 던져주는 연락에 감사해하고, 어쩌다가 자상하면 감격해하며, 그런 비참한 대우에 굴복하고 작은 이벤트에 최선을 다해 행복해하며, 조금씩 인생을 배우기 시작한다.

그리고 어느 순간 깨닫는다.

'내가 이래 봤자, 저쪽에서 끈을 놓으면 그만이구나.'

사랑에 아파본 사람들은, 즉 을의 성향을 가진 사람들은 초라하지만 위대한 사람들이다. 단지 연애 체질이 아닌 것뿐이다. 이 사람들은 나중에 더 행복하려고 준비 중인 사랑 체질이다. 결혼이란 흔히 두 개의 반원이 만나 하나의 온전한 원을 이룬다고 한다. 모든 사람이 자기의 타고난 성향이 있는데, 내 성향에 완벽하게 맞는 사람을 찾으려면 우주에 한두 명 있을까 말까이다. 대부분 사랑에서 갑질을 하는 사람들은, 평생 나에게 맞는 사람을 찾아 헤매며 인생을 낭비한다.

"아니, 너만 성질 있니? 나도 성질이 있어. 그런데, 너니까 참는 거야."

을이 되는 사람들은 이렇게 나의 기질과 다른 사람을 사랑하며, 부딪혀도 안고 가는 방법을 배운다. 나의 완벽한 '반쪽'을 찾는 것이 아니라, 나 스스로 완전한 '원'이 되어가는 것이다.

사랑에 아파본 사람들, 곰 같은 사람들. 그렇게 '을'끼리 만나서 하는 사랑은, 그러므로 참 이상적이다. 어떻게든 발버둥 치며 끌어안으려고, 이해하려고, 아파하느라 쓰였던 에너지가 훨씬 덜하기 때문이다.

"참 쉽네, 이 사람과는 사랑해볼 만하네."

하나의 독립적인 원이 만나, 서로 간섭하지 않고 존중하고 배려하면서 더 큰 원으로 성장해 나갈 수 있기 때문이다. 상대방에게 에너지를 기대하지 않고도 이미 반짝일 수 있는 사람이 된다.

사랑에 아파하는 모든 여러분, 을이라고 슬퍼하는 여러분.

그러므로 내가 하고 싶은 말은, 을끼리 만났으면 한다. 곰 같은 사

람이 당장 자극적인 매력은 없어도,

오래오래 행복할 수 있다고 알려주고 싶다.

그리고 마지막으로 세상 모든 갑에게도 하고 싶은 말이 있다.

네가 버린 여자(남자),

더 좋은 사람이 알아서 채간다.

그러니까 버려줘서 고맙다.

예민함을 핑계로 삼지 말자

사람이 늘 즐거울 수는 없다. 나처럼 단순한 사람은 차가운 아메리카노와 함께 먹는 몽X통통에도 크게 호들갑을 떨며 기뻐서 날뛰다가도, 내가 운영하는 온라인 스토어 신규 주문 내역을 확인하면 금방 또 시무룩해지는, 엄청나게 일희일비한 그런 쉬운 여자다.

나처럼 멀티태스킹(multitasking)이 안 되는 사람은 걸려오는 전화를 받으며 컴퓨터를 보지 못하고, 음악을 들으며 글을 쓰지 못한다. 번역 일감을 앞에 두고 당장 자신의 화장실을 치워달라며 얼쩡거리는 고양이가 신경이 쓰이면서도, 또 마침 이때 세탁기 빨래가 다 되었다는 삑, 하는 울림에 갑자기 짜증이 확 밀려온다.

한참 예민해진 나에게 다가오는 반려 고양이가 "에옹~" 하고 불만을 표시하면, 평소 같으면 "오구구, 내 새끼 화장실 치워줄까용~? 간식도 먹을까요!?" 하고 금방 n년차 집사답게 주인님의 필요를 채워주지만, 이렇게 좋지 않은 타이밍에 맞춰 "에옹~" 할 때엔, "왜~ 이 돼지야!! 너 또 쌌니?! 도대체 하루에 몇 번을 싸니? 이 똥싸개야!!" 라며 심술을 부린다. 이내 미안하다고 껴안아 주기는 하지만, 그렇게 누구에게나 예민한 순간이 있다. 이럴 때, 나는 빨갛게 달아오른 나의 '예민 칼'이 나의 칼집에 잘 넣어져 있는지를 점검해야만 한다.

누구나 그럴 수 있다. 배가 고파서, 생리 전후이므로, 혹은 중요한 발표나 공연을 앞두고, 시험을 망쳐서, 사춘기라서 등등. 우리는 예민해질 수 있다. 그리고 순간적으로 날카로워진 예민함으로 주변인들을 찌르기도 한다.

하지만 예민함을 우리의 무기로 삼아서는 안 된다. 찌름을 당하는 사람들은 아프지 않기 때문에, 찔려도 되기 때문에 참는 것이 아니기 때문이다. '예민'은 무기가 아닌, 실수이며 우연한 사고여야만 한다.

화를 자주 내는 남자의 곁에 착한 여자 친구가 있다. 어느 날은 회사의 상사가 자신을 갈궈서 예민하고, 어느 날은 비행기 연착이 생각보다 오래되어 예민하고, 어느 날은 가고 싶었던 음식점이 문을 닫아 먹고 싶었던 메뉴를 먹지 못하여 예민하다. 남자는 예민함이라는 칼로 착한 여자를 찌른다. 여자는 남자의 찌름을 묵묵히 견디면서도, 남자의 눈치를 본다.

"내가 미안해, 우리 이거 먹어볼까? 여기 가볼까?"라며 남자의 기분을 돋우려 한다.

그런데 남자의 그 칼은, 점점 더 날카로워지며, 점점 더 아무것도 아닌 일에도 마구 휘두르게 되는데, 식당에서 종업원의 표정이 좋지 않다며 큰소리로 욕을 하며 영수증을 집어던지기도 하고, 여자의 친구들이 다 같이 모인 즐거운 분위기에서 갑자기 험악한 분위기를 만들어 여자를 안절부절못하게 만들기도 한다. 떡볶이가 남아도 여자의 탓을 하고, 남자의 걸음 속도를 맞추지 못하는 여자에게 길거리에서 큰소리를 지르기도 한다.

예민한 칼은, 남자를 점점 괴물로 만들었고, 그 예민함을 받아주었던 여자는 만신창이가 되어 남자를 떠나기로 마음먹는다.

"다시는 안 그럴게, 내가 미쳤나 봐. 내가 아니라 이 칼이 그랬어!!"

떠나는 여자를 울며불며 잡아보기도 하고, 여자 역시 남자를 사랑하여 곁에 머물러보기도 하지만, 여자는 이내 깨닫는다. 그 '예민'이라는 칼은 다른 사람에게는 잘 보이지 않다가도, 자신을 그토록 사랑해주는 여자 앞에서만 시퍼렇게 날이 서 가장 날카롭고, 자신만을 무참히 찌르는 가장 비겁하고 잔인한 칼이었다는 것을.

예민함을 수시로 무기로 삼는 사람들, 요즘 말로 흔히 '분노조절장애'라고 부른다. 그런데 참 이상하다. 그 예민한 칼은 늘 약한 사람에겐 (혹은 자신을 더욱 사랑하는 사람에겐, 더욱 착하고 순한 사람에겐) 마음껏 휘둘러지고, 강한 사람에겐 이 칼이 어디 있는지도 모르게 잘 숨겨져 '성격 좋다'라는 평을 받는 사람들이 대부분이다.

"눈이 그 정도밖에 안 돼서 그래, 끼리끼리야"라고 욕하기 전에 생각을 해보라. 연인을 처음 만날 때, 뭐 처음부터 알고 만났겠냐고?! 알았으면 만났겠냐고. 누구는 신중하지 않아서 만났냐는 말이다.

S그룹 사장님, 유명 인플루언서 치과의사, 아나운서, 연예인 등등도 처음부터 알고 만났겠냐는 말이다. 배움의 문제도 아니고, 안목의 문제도 아니었다. 사람은 고난이 있을 때보다 잘 나갈 때 망하기 쉽듯이, 사람의 진짜 본성 역시 잘해주기 시작하면 가면을 벗게 된다. 가장 익숙하고 편안할 때 진짜 모습이 나오기 시작한다. 진국은 감사할 줄 아는 사람이며, 악마는 그것을 당연하게 여기는 사람이다.

나는 할 수만 있다면 예민한 칼부림의 한바탕 뒤, 오히려 곁에 있는 사람의 '눈치나 비위 맞춰주는 것'을 은근슬쩍 바라고 즐기는 사람을 멀리하고 싶다. 곁에 있는 사람이 참으면 그래도 되는 줄 알고, 더욱 그 예민 칼을 자신의 권력쯤으로 착각하는 비겁한 사람들. 폭탄은 본인이 던져놓고는, 왜 파워 당당한 건지 묻고 싶다. 그런 사람은 그런 사람들끼리 모여 살았으면 좋겠다.

이 글을 읽는 여러분도 예민함을 자주 핑계 삼아 곁의 누군가에게 함부로 대하는 사람이 아니라면 좋겠다. 혹은 그런 사람은 만나지 않았으면 좋겠다. 예민 칼을 수시로 마음대로 휘두르는 사람은, 당신이 그만큼 소중하지 않기 때문이다. 아니면 예민함이 이끄는 대로 끌려다니는 본성만 남은 어리석은 '괴물'이기에 그렇다. 소중한 것을 지키려면, 나의 예민한 칼을 늘 조심스럽게 숨길 줄 아는 지혜를 가져야 한다.

기억하자.
나의 예민함은 절대 벼슬이 아니다.
그 예민이라는 칼은 점점 나를 괴물로 만들 것이다.

결혼이 좋다

"내가 왜 좋아?"

나는 아무래도 애정 결핍이 맞는 것 같다. 결혼 5년차인데도 하루에도 저 질문을 세 번 이상은 물어보니 말이다. 남편은 매일 똑같은 나의 질문 폭격에도, 매일 다른 답을 찾아내느라 힘겨워하면서도 늘 진심을 다해서 말해준다. 그리고 언제나 결론은 똑같다.

"여보라서 좋아."

결혼이 좋다.

아침에 일어나면 나를 지긋이 쳐다보는 남편이 내 눈앞에 있다. 오늘도 아침에 눈을 떠 남편의 얼굴을 만지며 "나랑 결혼해줘서 고마워"라는 말을 할 수 있어서 좋다. 꼬질한 내 얼굴에 묻은 눈곱을 떼어줄 때쯤, 집사의 움직임을 감지한 고양이가 이내 우리 배를 짓밟고 올라와 함께 놀아달라고 야옹거린다. 함께 예뻐하며 그렇게 셋이 뒹구는 여유로움이 좋다. 한 사람은 양파를 까고, 한 사람은 어제 미룬 설거지를 해치우며 누가 먼저랄 것도 없이 흥얼거리면, 곧 릴레이가 되어 우리끼리 전국 노래자랑이 되기도 하고, 열성으로 화음을 넣어 듀엣을 부르기도 한다. 함께 영화를 보며 영화 속 배우가 "Simon!"이라는 이름을 외쳤을 뿐인데, 그와 동시에 누가 먼저랄 것도 없이, "싸이먼, 싸이먼, 도미닉~!" 자동 반사적 랩이 이어진다.

같이 커피를 먹으러 가서 던킨도너츠에서 만난 아르바이트생의 흔한 멘트를 성대모사 하는 남편에게 냉정하게 점수를 매겨주기도 하고, 또 함께 웃고. 차를 타고 가다가 신호가 멈춰 보이는 아무 간판 이름이 특이해서 또 웃고. 내가 술에 얼큰하게 취하여 매일 똑같이 추는 골룸 댄스에는 매일 날카롭게 색다른 평가를 내려주면서도, 내가 해주는 모든 음식에는 항상 관대하게 맛있다고 해주는 남편이 좋다. 소소하게 아이스크림을 사 먹으러 나왔다가, 길고양이를 발견하고 츄르를 가지러 나오며 정작 아이스크림 사 먹는 것은 까먹는 싱거운 우리라서 좋다. 마주 누웠을 때 내 머리칼을 만져주는 것이 좋다. 손을 잡으면 따뜻한 온기에 나도 모르게 잠이 스르륵 온다. 어느새 우리 사이로 끼어드는 고양이의 숨소리와 함께, 잠들 때까지 시답지 않은 이야기를 주고받을 수 있어서 좋다.

가끔 실수할 때도 있지만 잘못한 것을 인지하고, 미안하다고 말하는 것을 부끄러워하지 않는 나와 당신이라서 참 고맙고, 서운함이 있을 때, 서로를 찌르다가도 이내 서로에게 상처 주는 것을 더 못 견뎌하므로 울며 바로 화해할 수 있는 사람이라서 좋다.

나의 모든 부족함을 웃으며 괜찮다고 말해주는 사람이라서, 어떻게 이런 좋은 사람이 내 사람일까 고마워할 수 있는 나날이 앞으로 훨씬 많이 있어서. 이런 당연한 나날들이 얼마나 고마운지, 얼마나 소중한지 매 순간 깨닫게 해주는 사람이라서.

그저 너무 감사해.
신혼아, 끝나지 말거라.
이런 게 결혼이라서, 너무 좋다.

진심, 진심을 지켜낼 실력

모든 사람은 능력 있는 사람을 좋아한다. 내가 일을 잘하고 싶은 진심이 있어도, 내가 돈을 잘 벌고 싶은 진심이 있어도, 그것을 살아 내면서 행할 수 있는 능력을 가진 사람은 드물다. 진심과 실력은 다른 이야기이기 때문이다.

사랑도 마찬가지다. 어린아이가 엄마에게, "엄마. 내가 부자 돼서 엄마 빌딩 사줄게!!"라고 약속을 하면 부모는 그 이야기를 듣고 기뻐하지만, 아이가 장성하여 빌딩을 사주지 않을 시 '장기기증을 해서라도 돈을 마련할 것'이라는 계약 조건을 다는 부모님은 없을 것이다. 아이가 진심인 것을 알기 때문에 그냥 그 마음 자체로도 기뻐하는 것뿐이다. 그런데 문제는 이 아이가 장성하여서 연인에게 약속을 아무렇게나 쉽게 내뱉는 사람이라면 이야기가 달라진다.

"우리 결혼하자."
"이거 내가 해줄게."
"이거 사줄게."

입으로만 약속을 내뱉는 사람들이 많다. 그 말을 할 때엔 그것이 진심인 것쯤은 알고 있다. 그러나 그 약속에 대한 책임은 전혀 생각하지 않는다. 실력이 없는 무능한 사람일 뿐이다. 어른들이 사람을 볼 때 학력이나 집안 배경을 보라고 하는 이유를 점점 크면서 알게 되는데 그것은 누구나 놀고 싶은 본성을 절제하고, 또 절제하는 방법을 배우고 열심히 노력해서 좋은 학교에 들어가는데, 절제와 인내하는 방법을 어릴 때부터 배우고 배우지 않고를 (성실한지 성실하지 않은지를) 확률적으로 거를 수 있는 하나의 수단이 되기 때문이라는 것을 알게 되었다. 좋은 부모, 화목한 가정, 인성과 인격이라는 것을 그 환경의 보호 속에서 배울 수 있기 때문이다. (그럼에도 불구하고 더 강하게 결핍을 이겨낸 분들도 있으며, 나는 그런 분들을 정말 존경한다.) 진심을 지켜낼 실력을 기르는 것은 근육과 지구력을 기르는 것과 같아서 한 번에 50kg짜리 덤벨을 불끈불끈 들기에는 무리가 있다는 것이다.

당장 아무렇게나 진심을 뱉는 사람이 되지 않길 바란다. 당장 무엇을 사주겠다, 해주겠다, 말만 뱉고 지키지 못하는 능력 없는 사람을 만나지 않기를 바란다. 그 달콤한 말에 속는 언니들이 많다. 나도 그랬으니까.

그런데, 이제는 안다. 사소한 약속을 잘 지키는 사람과 아닌 사람의 어마어마한 차이를. 허언증에 걸린 사람들은 "남자가 허세가 좀 있어야지"라며 허세 부리는 것을 정당화시키기도 한다. 아니, 진심을 지켜낼 실력이 없는 무능한 사람일 뿐이다. 차라리 진심을 뱉지 않고 무뚝뚝하고 표현을 잘하지 않는 사람이 더 낫다. 진심을 지켜낼 실력은 작은 약속을 귀중하게 생각하는 사람이다. 그 약속에 책임을 지는 사람이다.

나는 그렇기에 상대가 변하는 것보다 내 자신의 약속을 지키지 못할까 봐 나를 돌아본다. 나 역시, 아니 나는 특히나 유혹에 약한 무능하고 나약한 인간임을 많은 절망을 거쳐서 한계를 알게 되었기 때문이다. 그래서 더 조심하고, 더 절제하려고 나에게 책임을 묻는다.

아마 넘어지기도 할 테지만, 평생 죽을 때까지 매일 연습해야 할 것 같다. 결혼이란, 그렇기에 그 엄청난 약속을 서로에게 다짐하는 것이고 매일 지켜나가는 것이다.

그러나 진심을 지켜낼 실력이 없는 사람은 상대에게 모든 책임을 전가한다. 더 비굴한 사람인 것뿐이다.

부디, 진심을 소중하게 여겨주길. 상대가 소중한 만큼 진심이 전심이 되는 그런 실력 있는, 능력 있는 분들이 되길 바란다.

결혼의 때, 그 타이밍이란
도대체 무엇인가?

사랑은 타이밍이라는 말, 결혼도 타이밍이라는 말. 나는 그 타이밍을 유독 간절하게 원했던 사람 중 한 명이었다. 마냥 행복한 가정에서 자라지 않았으며, 홀로 오랜 해외 생활에 지쳐 하루라도 빨리 그 타이밍을 억지로라도 움켜쥐어보고 싶었다.

결혼은 타이밍이라고 하는데, 그저 적당한 나이에 적당한 환경을 갖추게 되었을 때. 나의 옆을 지키고 있는 그 사람을 '타이밍'이라고 부르는 줄로만 알았다. 그러나 그 모든 간절함에도 불구하고

사람의 연이란 정말 억지 노력만으로는 이어질 수 없다는 것을 알
게 되었다.

결혼을 하고 나서야 조금은 알 것 같은 그 타이밍에 대해서 나누
려 한다.

① 이 사람이 아니면 죽겠다는 생각이 드는가?

많은 사람들이 이 확신이야말로 결혼의 때라고 생각하는데, 결론
부터 이야기하면 착각이다. 이런 '감정'을 가지고 있는 것만으로는
올바른 결혼의 때가 아니라는 것을 점점 알게 되었다. 왜냐하면 감
정은 한낱 감정으로 끝날 확률이 크기 때문이다. 많은 남자가 처음
여자에게 반하여 죽자 살자 쫓아다녀 결국 사귀게 되었는데도 실제
로 '밥 먹었니?' '뭐 하니?' 이런 일상적인 소통을 넘지 못하고, 서
로 가만히 말을 안 하면 어색해서 어쩔 줄 모르겠다는 경우가 많다
고 한다.

'죽겠다'라는 애끓는 감정적인 요인보다, 이 사람과 함께 하는 순
간들이 편하게 느껴지는지를 살펴보아야 한다. 같이 있으면 공기마
저 편안해지는 듯한 느낌이 드는 사람이 좋다. 서로의 대화가 자연
스럽게 이어지는 사람이 좋다. 왜냐하면 결혼이란, 나의 하루를 투
명하게 다 보여주는 것이고, 나의 모든 공간을 함께 나눠 쓰는 것이
기 때문이다. 사랑한다는 감정으로 처음에 다 극복할 수 있을 것 같

지만, 그것은 사랑의 시작을 위한 불씨와도 같다. 사랑의 불은 둘의 편안한 대화, 서로의 신뢰에서 나오는 애정 어린 시선과 배려로 이어질 수 있다.

서로가 함께하는 시간이 당연하고 자연스럽게 느껴지는 사람, 이 사람이라면, 결혼 OK!

② 내가 평생 책임지고 싶은 남자/여자인가?

나의 부끄러운 과거를 나누려 한다. 이전 글에서도 밝혔는데, 중학생 때부터 10년을 서로 알고 지낸 친구가 내가 사는 인도에까지 날아와 나에게 프러포즈를 하였고 결혼 약속까지 하였다. 이 정도면 예상이 되는 친구였고 나의 친구가 그 사람의 친구였고, 그 사람의 친구가 나의 친구였을 만큼, 서로를 잘 안다고 생각했었다. 그러나 결국 연이 끊어지게 되면서, 아, 결혼은 그냥 '잘 안다고' 하는 것이 아니구나, 라는 사실을 절대적으로 깨닫게 되었다.

결혼이란, 확신만 가지고 예상이 된다고 하는 것이 아니구나. 어떤 환경과 고난이 닥쳐도 함께 걸어 나갈 의지, 서로를 책임지며 동반자로, 팀으로 헤쳐나가야 할 의지를 '나 혼자만'이 아닌 상대도, 나도 가져야 한다는 것을 깨달았다.

시간이 흘러 8년 뒤 내가 꿈꾸던 남자를 만나게 되었고, 주례를 해주시는 목사님께서 왜 이 남자와 결혼을 하냐고 물었을 때, 이렇게 답했다.

"제가 이 남자를 책임지고 싶기 때문입니다!"

모든 하객분들은 웃었지만 진심이었다. 그동안 그렇게나 아팠기 때문에, 나의 소원은 이 남자를 호강시켜주는 것이다. 나같이 부족한 사람을 사랑해주는 이 남자에게 매일이 고마워서 자다가 눈을 떠서 뜬금없이 고맙다고 말할 때가 많다.

남편과 함께 직장에 다닐 때엔 5월 14일 로즈데이마다 몰래 나에게 장미꽃 한 다발을 사다 주고 그랬는데, 20년도부터 우리가 사업을 시작하며 형편이 예전과 같지는 않았다. 나는 평소와 똑같이 설거지를 하고 있었는데, 잠깐 편의점에 다녀오겠다는 사람이 장미 한 송이를 들고 오며 말했다.

"미안해, 한 송이밖에 못 가져왔어."

그때 사랑이 이런 것이 아닐까 싶었다. 부유하지 않아도 이렇게 마음을 주는 것. 서로를 책임지고 싶다는 마음을 매일 이렇게 작게, 조금씩 표현해 나가는 것.

③ 그(녀)의 지난날, 환경, 단점이 흠으로 보이는가? 상처로 보이는가?

사람에게는 누구에게나 아픔이 있다. 그것이 작을 수도, 평범할 수도 있겠지만, 그 모든 스토리는 오늘의 나를 만든다. 나는 18년의 해외 생활을 하며 늘 외로움을 친구로 두며 살았다. 생일에 누가 나를 챙겨주지도 않고 – 부모님도 나의 생일을 모르고 넘어갈 때가 많았다. – 아플 땐 응급실에 혼자 걸어갈 수 있을 만큼 괜찮아질 때까지 끙끙거리며 침대에서 고양이의 얼굴을 보며 이 악물고 견뎌야 했고 참아야 했다. 위험한 일을 당할 때도 있었고, 공허한 날들을 끊임없이 잘 마주하기 위해 술에도 빠져보고, 연애에도 빠져보고 그렇게 실수를 거듭하며 자라서 오늘의 내가 되었다.

'유학 다녀온 여자는 만나는 거 아니다.'

'이런 여자를 만나는 남자가 불쌍하다.'

지금도 누군가 내 글에 이런 댓글들을 달고 있다. 그러나 남편은 나의 치열했던 지난날들을 들었을 때 가만히 손을 잡고 눈물을 흘렸다. 내가 아팠던 모든 날을 흠으로 보지 않고 상처로 봐주고 안아주었다. 아직까지도 지난날의 트라우마로 악몽을 꿔서 벌떡 일어나 흐느껴 울면, 내가 잠들 때까지 나를 안고 토닥여주고, 그리고 잠에서 깰 때면 던X도너츠를 사주며, '마! 니 강알리 등킨 도나쓰 무봤나?!' 라는 쪽지와 함께 나를 웃음 짓게 만든다. 나의 과거를 감추지 않아도 되는 사람을 만나야 한다. 함께 아파해주는 사람을 만나야 한다.

돈은 있다가도 없고, 없다가도 있다. 환경은 변하고, 조건도 수시로 변할 수 있는 것이다.

그렇기에 나는 결혼을 준비하며 내가 어떻게 예뻐 보여야 하는지,

드레스 투어는 얼마나 많은 샵을 가야 하는지, 꽃은 생화로 할지 조화로 할지, 그런 모든 것들이 아무런 의미가 없었다. 결혼식 후 이 남자와 이렇게 사는 것이 더 중요하니까. 결혼의 본질은 돈으로 살 수 없으니까 말이다.

조금 부족해도, 함께 살아가는 것을 꿈꾸는 사람을 만났을 때, 결혼할 때이다.

자유와 방종의 한 끗 차이

나는 자유로운 영혼이라고 불린다. 예전부터 관종(관심종자)이었으며, 노는 것을 못 하게 하면 병이 날 정도였다. 하고 싶은 건 다 하고 싶어서, 20대 초반에는 홍대에서 한창 키보드를 메고 다니며 버스킹을 하였고, 멀쩡하게 대기업을 다니다가 진로를 바꿔 대학원에 진학하기도 하였다.

어른들은 이렇게 나대는(?) 나를 못마땅해하지만, 중국에서는 배우와 방송인으로 활동하였으며, 지금도 여전히 글을 쓰며 관종력을 행사하는 중이다. 그렇게 나는 하고 싶은 모든 것은 다 해야 하는 성격이다.

그런데 모든 것을 다 하는데도 결혼 전 연애는 행복하지 않았다. 나는 분명 자유로운 영혼인데 말이다. 혼란스러웠다.

"내가 마음 가는 대로 하는 것. 그게 자유 아닌가?"

결혼 전에는, 자유가 무엇인지 정의조차 내리지 못하였다. 무엇이 우선순위여야 하는지조차 몰랐다. 외국에서 가족과 떨어져 오랜 시간 혼자 지내다 보니, 채워지지 않는 외로움으로 인하여 소속감(a sense of belonging)을 아주 중요시 여겼는데, 이 결핍을 남자 친구에게서 채우려고 했다.

지켜야 할 것, 하지 말아야 할 것, 올바른 대상인지 아닌지, 그것의 기준이 명확하지 않았다. 상대가 받아줄 그릇이 되든지 안 되든지 상관없이 그저 쏟아부으면 채워진다고 믿었다. 나의 있는 모습 그대로를 사랑한다면, 상대가 이런 내 모습을 이해해야 한다고 생각했다. 누군가 내게 다가오면, "너, 나 같은 여자 감당할 수 있어?!"라는 말을 많이 내뱉곤 하였다. 나는 망나니였다.

많은 사람이 결혼을 꺼려하는 이유를 자유를 잃어버리는 것에 대한 두려움으로 꼽는다. 결혼을 하면 '하지 말아야 할 많은 제약'부터 보인다. 한 사람에게만 충성해야 하는 것, 마음대로 귀가할 수 없는 것, 같이 집안일을 분담해야 하는 것, 내가 사고 싶은 것, 먹고 싶은 것, 모든 것을 다 의논해야 하는 과정이 답답하게만 보인다. 벌써 무엇인가를 해야만 하는 의무감으로부터 지쳐 결혼을 회피하고 싶은 마음이 생기는 것이다.

그러나 '결혼'이라는 구속으로 생기는 많은 자유는 간과하고 있다. 결혼으로 인하여 나는 한 사람에게 구속되는 것은 맞지만, 그 반면에 이제 이 세상 모든 남자로부터 자유로워지게 된다. 가정에 충실하면서 그에 맞는 책임이나 의무로 이전과 다르게 사회에서 어느 정도 단절이 생길 수 있지만, 또 동시에 안락하고 안전한 나만의 울타리가 생긴다. 한 사람에게 더 잘하면서 복잡했던 인간관계가 정리되고, 그렇게 충분히 다른 차원의 자유를 누리게 된다.

하고 싶은 것, 놀고 싶은 것, 내가 누릴 수 있는 모든 것을 누리는 것을 누리는 것. 분명 좋다. 내 주관이 강한 것이니까. 그러나 연애에서만큼 '자유로운 영혼'은 짚고 넘어가야 한다고 생각한다.

"그게 왜?!! 뭐가 어때서?!!"라고 생각했던 지난날의 철없던 나레기로서 말이다. 내가 생각했던 자유는 자유가 아니었음을. 내가 마음이 가는 대로 행하였던 그것이, 사실은 방종에 가까웠다는 것을 말이다.

① 연애를 할 때, 상대방은 0순위가 아니어야 한다.

연애를 할 땐, 삶에 있어서 나에게 더 중요한 가치들을 정립하는 시간을 꼭 가져야 한다. 결혼 전 가족, 진로, 취미, 경제관 등 나에게 정말 중요한 것이 무엇인지 살펴보아야 한다. 내가 어릴 때 정말 많이 했던 실수는 항상 '그 사람'이 먼저였다. 시험 기간에 모든 것을 다 제쳐두고 이성 친구를 만났고, 이 사람이 좋으면 뭐든지 다 맞춰 행동하였다. 만약 내가 그때 내가 그냥 가고 싶었던 곳을 갔더라면 어땠을까? 그때 그 사람이 만나지 말라고 해서 안 만났던 사람을 만났더라면 어땠을까? 일상의 기준이 너무나 이성 친구에게 맞춰져 있었고, 또 너무 깊게 들어왔다. 나의 인생에서 많은 것을 빼앗았다. 지금은 땅을 치고 후회하지만, 뭐 어쩌겠나. 누군가 이런 이야기를 해줬더라면 정말 안 그랬을 텐데 그때는 그걸 몰랐다.

상대가 떼를 쓰며 본인이 0순위가 아닌 것을 서운해한다면? 힘든 연애가 예상이 된다. 그러므로 교제 중이더라도(이왕이면 교제 전) 서로가 가진 가치에 대하여 함께 이야기해보는 시간을 가져보길 바란다.

② 결혼을 하면, 상대는 0순위여야 한다.

결혼을 하고, 자유로운 것을 다 하는 사람은 불행할 확률이 높다. 결혼을 했는데 술을 좋아하고, 매일 친구 만나기를 좋아하고, 자기의 어떤 취미를 버리지 못하고. 이건 누가 들어도 부정할 수 없는 불행한 사실이다. 우선순위는 무조건 가정이어야 한다. 이것은 억압이나 사회적 통념이 아니라, 그래야만 우리가 행복하기 때문이다. 우리 모두 행복하려고 하는 것이 결혼 아닌가? 그런데 나를 행복하게 해주려는 결혼을 하면 정말 많이 힘들어진다. 왜냐하면 그 우선순위의 0순위가 상대가 아닌 '나'로 향해져 있기 때문이다. 상대를 행복하게 하려는 의지가 둘 다 있어야 결혼이 행복하다. 나는 이 간단한 것을 몰랐다.

자유로워 보이는 사람, 어쩐지 매력적으로 보인다. 그러나 자유와 방종은 한 끗 차이다.

진정한, 그리고 건강한 자유에는 질서가 있다.

그러니까 연애도, 결혼도, 꼭! 점검해보면 좋겠다.

조금은 덜 아픈 사랑을 하기 위해.

왜 나에게는 똥차만 올까?

왜 남자와 여자에 대한 이야기는 해도 해도 끝이 없을까? 왜 매일 고민이 생기고 갈등이 생기는 것일까? 왜 매력 있는 나쁜 남자는 처음 그렇게 간도 빼줄 것 같이 여자에게 구애를 해 놓고는 어느 순간 갑자기 훌쩍 떠나버리는 걸까? 왜 내가 좋아하는 여자 옆에는 그다지 잘생기지도 않은 것 같은 놈이 붙어있는 것일까? 아니, 왜 하필이면 인류는 남자와 여자로 나뉘어 있는 것일까?

나는 어릴 때부터 이런 고민을 많이 해온 사람이다. 책을 많이 읽어봐도 약간의 지식적 도움은 있었지만, 이론과 실전은 별개였다. 지금의 남편을 만나기까지, 그리고 결혼하기 전까지 정말 심각하게 망해보았다. 그래서 좋은 사람을 만나는 것, 인복이라는 것은 정말 중요하지만, 인생에서 나쁜 사람과는 엮이면 안 된다는 것이 더 중요하다는 것도 알게 되었다.

그중 많은 여성 독자분에게 들었던 질문들에 대해서 답을 하고자 한다.

① 왜 나에게는 똥차만 올까요?

사람들이 흔히 보는 눈이 없어서 그런 것이라고 단정을 한다. 비난도 한다. '이런 남자 만나지 마세요'라는 내 글에 댓글로 '끼리끼리이기 때문에, 저런 이상한 남자를 만났다'라며 비아냥거리는 사람들이 많은데, 나는 그 말을 어느 정도는 동의하면서도 또 동의하지 않는다. 처음부터 가면을 쓰고 속이는 사람을 당해내기는 쉽지 않다고 생각하기 때문이다.

그리고 사랑이란 그렇게 이성적으로 뚝 하고 끊어내는 것도 아니며, 원래 사랑 자체가 제정신으로 하는 것이 아니라고 생각한다. 만약 이 글을 보시는 독자분께서 바른 가치관과 세계관을 가진 분인데도, 이상하게 늘 호구 같은 을의 사랑만 하는 - 상처가 많은 - 분이라면 '내가 좋은 사람이 아니라서 똥차가 꼬이는 건가?'라고 자책하지 않길 바란다. 어차피 내 사랑은 단 한 명만 만나면 된다. 별처럼 많은 이성에게 거절을 받아도, 이 세상 모든 이성 중에 어차피 단 한 사람이다. 다른 사람이 다 아니어도 단 한 명을 더 잘 만나기 위해서 그런 것이다.

"정말 나에게도 사랑의 타이밍이 올까요?"

이렇게 질문하시는 분에게 꼭 하고 싶은 말이 있다. 나는 인도에서 가로등도 없는 정말 깜깜한 밤에 반딧불이 내는 빛이 그렇게 밝은 줄 처음 알았다. 그 작은 빛이 더 귀중했던 것은, 그 밤이 정말 깜깜했기 때문에 그랬던 거였다. 온다. 반드시 온다. 다만 그때까지 상처에 지쳐 텅 빈 마음, 외로움을 건강한 것으로 채우길 바랄 뿐이다. 혼자 잘 지낼 수 있는 방법을 터득하고 '나 자신'이 될 수 있는 시간을 충분히 갖는 것이 필요하다.

② 남자에게 처음 다가가는 방법을 알고 싶어요.

남자는 본능에 강하고, 여자는 디테일에 강하다. 다시 말해서 남자는 감각적이고, 여자는 감성적이다[2]. 남자는 시각에 약하고, 여자

---

2) 일부 연구 결과에 따르면 전반적인 지능은 여자가 남자보다 더 우세하지만, 남성이 여성보다 수리 및 공간지각, 수직이나 수평 등에 대한 위치 감각이 훨씬 뛰어나다고 밝혔다 능력과 분석적 사고 능력에서는 여자보다 남자가 더 우수하다고 밝혔다. - Maccoby Jacklin(1974), Liben Golbeck(1980), Sanders(1982) 등 테스토스테론의 왕성한 왕비 때문에 남아의 뇌에서 '소통과 정서 센터'는 쪼그라들

는 청각에 약하다.

기본적으로 감각의 '각'은 깨달을 '覺'으로, 볼 '견(見)'이 들어가 있다. 깨닫는다는 것. 순간적으로 일어나는 것에 반응한다는 말로 표현될 수도 있다. 보다 충동적이고, 눈에 보이는 것에 대한 반응이 여자보다 더 빠르다. 새로운 것에 대한 자극에 보통 민감하기 때문에, 남자의 이상형을 괜히 '낯선 여자'라고 하는 것이 아니다.

그렇기에 이 사실을 잘 이용만 한다면 여자가 처음 남자를 만났을 때 조금은 더 쉬울 수도 있을 것이다. 단순히 시각적으로 '예쁘냐 혹은 안 예쁘냐'를 떠나서, 본인에게서 풍기는 분위기가 감각으로 읽혀지기 위해 자신만의 분위기를 조금 더 연구해볼 필요가 있다. 예를 들면, 내가 귀여운 여자가 아니라면 귀여움을 억지로 만들어나가기보다, 본인이 본연 가지고 있는 스타일과 분위기를 발전시키는 방향이 더 좋다는 것이다. 나에게 가진 여성스러움과 청순함을 강조하고 싶다면 쉬폰 블라우스를 입는다거나, 머리는 반묶음으로 스타일링을 하는 것이다.

고 '공격성과 섹스 센터'는 강력해진다. 반면 여아의 뇌에서는 소통과 정서 능력을 돕는 신경세포들 사이에 활발한 연결이 생성된다. 태어난 후 2세까지 여아의 난소에서는 에스트로겐이 성인 여성 수준으로 엄청나게 분비되는 덕분에 공감 능력의 기본 토대가 이 시기에 형성된다. - 신경정신과 의사 루안 브리젠딘(Louann Brizendine), 『여자의 뇌(The Female Brain)』

다만 지적인 교양은 베이스로 깔려있어야 된다. 남녀를 불문하고 누구나 똑똑한 사람을 만나고 싶어 하니까.

③ 어떤 남자를 만나야 할까요?

일반화시킬 수는 없지만 많은 여자의 특징을 '감성적'이라고 꼽는다. 감성의 '성'은 '성품 性'으로 마음심(心)이 들어가 있다. 남자에 비해 여자는 순간적인 자극적인 것보다, 상대가 내 마음에 들기까지의 시간이 조금은 걸린다.

여기서 여자는 남자가 나에게 '어떤 말을 하느냐'에 따라서 많이 좌지우지된다. 특히나 여자는 남자에 비해 언어 처리 능력이 큰데,[3] 내가 듣고 싶은 말, 나에게 듣기 좋은 소리, 나를 공감하는 소리에 넘어가는 경향이 크다. 여자가 청각에 약하다는 사실도 그렇기에 같은 맥락이 아닐까 라고 생각하고 있다. 조심해야 한다. 말만 앞서는 남자가 세상에 너무 많다. 여자의 마음에 들게 하는 말을 본능적으로 알고, 그것이 진심이라는 변명 뒤에 숨어 책임을 지지 않고 여자 마음을 흔드는 말만 쏙 던져놓고는 가버리는 사람에게 상처받지 않기

---

3) '여자의 언어 기억'(verbal memory)은 남성에 비해 뛰어나다. 언어 처리 능력이 언어와 의미부여와 관련한 기억에 큰 영향을 끼치기 때문에, 과거의 사건과 사물 등을 여성이 더 잘 기억할 수 있다는 것이다. - 1894년 영국 심리학자 해블록 엘리스와 1991년 미국 시카고의대 셰리 베런바움 박사의 연구 보고서

를 바란다. 나는 이걸 몰라서 과거에 리플리 증후군을 가진 놈에게 호되게 당한 적이 있다. 상대가 표현을 많이 하지 않는다고 서운해하지 않아도 된다. 그만큼 더 진중한 것일 수도 있으니까. 사소한 약속을 행동으로 보여주는 사람을 만나길 바란다.

④ 나랑 맞지 않는데 사랑해요. 이 사람을 언제까지 견뎌야 할까요?

마음을 주게 되면 아닌 것을 알면서도 끊어내기 힘들다는 것. 사랑을 해본 사람이라면 당연히 알 것이다. 나도 그랬으니까. 사랑은 오래 참는 것, 온유한 것이 맞다. 그러나 '그럼에도 불구하고'라는 희생의 사랑만이 옳은 것은 아니다. 사랑의 중요한 속성이 또 있으니, '불의를 참지 못하는 것' 역시 사랑의 주된 특징이다.

상대의 잘못을, 죽을 만큼의 용기를 내서 겨우 용서를 했는데, 이것을 당연하게 여기는 사람은 견딜 필요가 애초부터 없다. 바람피우는 것을 정당화하는 사람, 오히려 내가 외모에 소홀하다며 책임을 나에게 전가하는 사람, 본인이 그동안 수많은 거짓말을 해놓고, 왜 의심하냐면서 화를 내는 사람, "나 원래 이런 거 너도 알면서 만난 거 아니야?"라는 사람, 그야말로 내로남불인 사람, 생각보다 참 많다. 머리는 아는데, 마음은 멈추지 않는 것도 알고 있다. 물론 이해도 한다.

다만, 견딜 필요는 없다고 말하고 싶다.

아프니까. 내가 만신창이가 되니까.

더 이상은 아프지 않길,

더는 상처받지를 않길.

뜯어말리고 싶은 연애

망한 연애 열매를 백만 번 먹고 토하고, 결국 서른이 넘어 결혼을 한 나에게 "어떻게 만났어?"라고 많이 물어본다. 식상하지만 나도 타이밍이라는 뻔한 소리를 하는데, 내가 정의하는 이 타이밍이란 외적인 조건이 아닌, 서로가 가진 간절함이 퍼즐처럼 꼭 맞아떨어질 때를 의미한다.

"나는 사랑 따윈 다시 안 해!!"라고 외쳤던 어느 남자가 어느 날 홀연히 찾아온 처자와 결혼한다고 청첩장을 날린다든지, "남자는 다

왜 그래?"라고 울며 함께 소주를 마셨던 친구가 갑자기 SNS에 웨딩
드레스를 입은 스토리를 올린다. 아파서 다시는 못할 것 같던 사랑
을 또 어느샌가 하고 있다는 것, 그리고 다시는 겪고 싶지 않은 아픈
사랑을 더 이상은 하지 않아도 되는 것, 헤어지지 않아도 되는 것, 그
것이 결혼이 아닐까 싶다.

결혼을 하고 보니, 좋은 사람을 만나는 것에 집중하는 것보다, 내
인생을 갉아먹는 나쁜 사람을 잘 피하기만 해도 이 타이밍이 앞당
겨진다는 것을 느끼고 있다. 그냥 만나지 말라고 바지 끄덩이라도
잡고 말리고 싶은 사람에 대한 주관적인 견해다. 아이러니하게도
이 '나쁜 남자'의 특징이 동일한 패턴으로 많은 여자들에게 적용되
고 있다는 것을 점점 알게 되었고, 비단 남자뿐만 아니라 나쁜 여자
에게도 적용이 된다는 것을 알게 되었다. 이들이 같은 학원을 다니
는 것도 아닐 텐데, 참 신기하게도 유형이 어느 정도는 정의가 되며
파악이 된다는 것이다.

그나마 좋게 말해서 나쁜 남자이지, 쉽게 말하면 성격장애로 분류
되며, '나르시시스트'로 불린다. 이들의 주된 특징은, 사람을 사랑의
대상이 아닌, 사냥을 한다는 것. 충동적이기 때문에 빨리 뜨거워졌
다가 빨리 식으며, 다른 사람이 어떻게 느낄까를 전혀 고려하지 않
고, 본인의 감정만을 중요시 여긴다는 것이다.

누구나 한때는 지질하고 못날 수 있다. 누구나 완벽하지 않으며 누구나 부족하므로 서로를 필요로 한다. 그렇게 사랑하며 사람은 자라게 된다. 서로가 싫어하는 것, 좋아하는 것이 무엇인지 분별하면서 배려를 배우고 매너를 익히게 된다. 상대가 기뻐하는 모습을 보며, 같이 기뻐하게 된다. 점점 나 중심에서 벗어나 상대에게 무엇을 해줄까 고민하며 행복해한다.

그러나 나르시시스트의 사랑은 다르다. 나르시시스트는 자기 애정과 자기 존경에 우선적으로 집착하므로 상대방의 감정이나 필요를 무시하거나 부정한다. 자신의 필요와 욕구, 자신의 이익과 만족을 최우선시 하기 때문에 연인은 본인을 위해 존재하며 필요로 하는 것이지, '희생, 책임, 오래 참음' 등 우리가 이야기 하는 사랑의 의지와 능력에 대해서는 무관심하다.

호주 울런공 대학 연구팀은 나르시시스트와 밀접한 관계를 형성한 436명을 대상으로, 이들과의 연애에서 야기될 수 있는 문제점을 파악하고자 실험을 진행하였다. 실험 결과 참여자들은 나르시시즘 성향을 가지고 있는 파트너로부터 감정, 신체적인 학대, 원하지 않는 성적인 요구, 바람, 돈을 빌리는 등의 행동을 경험했다고 한다.

"그런 이상한 사람인 것을 알면 그만두면 되지 않느냐?" "어차피 끼리끼리 만나는 것이다"라고 쉽게 말하는 사람들에게 첨

언하자면, 나르시시스트의 연인은 단지 사랑하기 때문에 관계를 더 책임 있게 이어나가려는 경우가 많다. 에코이스트(echoist)[4]가 많다. 그 과정에서 스트레스와 우울, 불안을 겪고 자존감이 떨어지는 것은 물론이고, 관계에 대해서 지속적으로 혼란을 겪으며, 상대가 만들어놓은 굴레를 견디고 벗어나지 못하는 것이다.

그 굴레의 패턴에 대해서 주관적인 경험을 나눠보고자 한다.

① 결혼하자고 설레발

만난 지 얼마 되지도 않았는데 애정 공세를 지나치게 많이 한다. '지나치게'라기보다 '미친 듯이'가 더 어울리는 표현이다. "나 네가 좋아." 로맨틱하게 고백하는 수준이 아니라, 여자가 가지고 있는 결혼이라는 환상을 못되게 이용하면서 온갖 달콤한 말을 한다. 상대가 정신을 차리지 못할 정도로. 여기서 포인트는 만난 지, 알게 된 지 얼마 되지 않았다는 사실이다.

"우리 부모님 보러 가자."

"나 이제야 내 짝을 만난 것 같아."

"우리 이케아 가서 신혼 가구 보자."

---

4) 에코이스트란 자기애성 인격장애인 나르시시즘과 반대되는 개념으로, 자기애적으로 보일 것을 두려워하는 성향이다. 자기 자신에게 엄격하고 타인에게는 폐를 끼치는 것을 싫어하는 특징이 있다.

"너 같은 사람 만나려고 내가 그동안 고생했나 봐, 나 빨리 결혼하고 싶어 미치겠어."

"우리가 결혼하면 애기는 얼마나 예쁠까."

나쁜 남자에게 데여 한번이라도 울어봤던 언니라면 고개를 끄덕이지 않을까 싶다. 남자의 감정이 그때 당시 진심인지 거짓인지는 중요하지 않다. 어차피 끝까지 책임지려는 의지가 없는 한, 상처가 되는 것은 똑같으니까.

② 어느 순간 애매해진 태도

위의 애정 공세에 여자는 마음을 열게 된다. 이렇게나 표현을 확실하고 적극적으로 해준 사람은 드무니까. 점점 사랑을 기대하게 된다. '아, 이 남자가 정말 나를 사랑하나 봐.'

그런데 어느 순간 갑자기 이상하다. 분명 다음 주 부모님을 보러 가자고 해서 시간도 비워놓고, 나름 열심히 마음의 준비를 하고 있는데, 정작 그다음 주가 되었는데 아무 말 없이 얼렁뚱땅 지나간다. 최소한 부모님이 아니더라도 나를 친구들에게 소개를 한다든지 누군가에게 '여자 친구'라고 소개하지도 않는다. 왜 그런지 물어보려고 하면 피곤한 기색을 보인다. 분명 말을 꺼낸 사람은 남자였는데, 내가 왜 눈치를 보고 있는지 모르겠다.

그리고 보니 처음엔 밤을 새워서 통화를 했는데 갑자기 연락 횟 수도 확연하게 줄고, 처음엔 내가 운명이라느니, 결혼하자, 아기 이름은 무엇으로 하자 등 난리를 쳤는데, 이제 고작 만난 지 얼마 되지 않았는데, 이렇게나 빨리 식는다고? 내가 잘못한 것은 정말 없는데, 무엇이 문제이지?

답답한 내가 문자를 하면 톡 옆 숫자 1이 사라지지도 않고, 참다 못해 전화를 하면 전화도 받지 않는다. 나중에서야 연락이 닿으면, "바빠서 그랬어"라고 피곤한 목소리로 대답을 하고, 이런 상황이 점점 많아진다. 마음이 벌써 식은 것을 느끼면서도 '설마' 하고 속아주는 거짓말이 점점 많아진다.

③ 어장관리

'너도 그런 부류였구나'라는 생각에 여자는 마음을 천천히 정리한다. 연락을 구걸하지도 않고, 그냥 조용히 삭힌다. 어릴 땐 싸우기라도 했지, 어느 정도 연애 경험이 있는 여자는 이런 것조차 귀찮고 힘들고. 무엇보다 남자 사랑 하나에 목매달고 속상해한다는 것 자체가 너무 비참하고 창피해서 그냥 조용히 마음을 덮으려 한다.

그런데, 그때쯤 갑자기 전화가 와서 또 달콤한 말을 한 바가지 퍼붓는다. 정말 사람을 미치게 만든다. 간신히, 정말 간신히 눌러 담은 나의 감정이 다시 솟구친다. 그리고 또 흔들린다. 냉탕에 갔다가 온탕에 가면 더 뜨겁듯이, 냉탕과 온탕을 막 넘나드는 기분이 든다. 이들의 밀당은 정말이지 정상적이지 않다. 사람의 감정을 줄에 매달린 목각인형처럼 조종하는 것 같다. 아직 감정이 남아있다는 것을 본능적으로 알고, 내가 떠나기 전에 떡밥을 던진다. 이들은 타인의 감정을 본능적으로 알아차릴 수는 있지만, 자기가 직접 느낀 것처럼 감흥이 돌지는 않는다. 남의 존엄성에 대한 중요도를 자신의 욕구보다 낮게 평가한다. 자기중심적인 사고에서 벗어나려 하지 않으므로, 나를 그의 어장에서 벗어나지 못하게 가두려 한다.

④ 무의미한 관계의 무한 반복

어쨌든 며칠은 다시 황홀하다. '그래, 역시 저 남자는 나를 사랑해'라고 다시 속는다. 그래서 내가 만나자고 하는데, 그에게 다른 약속이 있다고 한다. 한두 번도 아니고, 또다시 ②번으로 간다. 그 애매해짐에 지쳐서 참다 참다 서운한 것을 이야기한다. 내가 원한 것은 그냥 사과인데, 그냥 좋게 이야기하고 풀려는 것뿐인데…. "너는 왜 이렇게 사람을 불편하게 만드냐?!"라며 나에게 오히려 화를 낸다.

그렇게 점점 가스라이팅을 당하는 것이다. 그가 화내는 것을 나의 탓으로 돌리게 된다. 그렇게 ② ③ ④가 무한 반복되며 굴레를 벗어날 수 없게 된다.

위에 나온 예시가 너무 극단적이고 심한 것 같다고 느끼는가? 그러나 위에 나온 예시를 겪은 여자가 (나 포함) 생각보다 많다. 성격장애를 가진 대부분은 자신에게 문제가 있다는 것을 깨닫지 못하고, 자신의 문제를 남 탓으로 돌린다. 본인의 감정이나 욕구, 경제적인 이득을 위해서 연애를 한다. 상대방이 상처받을 것이라는 것을 전혀 공감하지 못하는 EQ 부족이기 때문에 거짓말을 밥 먹듯이 하고, 본인이 원하는 대로 사람을 조정할 수 없을 때에는 극심한 격노로 인하여 강력범죄로 이어지기도 한다.

그렇기에 정말, 제발 뜯어말리고 싶다. 누구나 망한 연애를 할 수 있다. 세상의 복이 꼭 좋은 사람만을 만나는 것만 복이 아니라, 이상한 사람이 곁에 오지 않는 것도 큰 복이라는 것을 꼭 기억했으면 한다.

진짜 자존감은 무엇인가?

'자존감'이라는 단어 자체가 트렌드가 된 요즘이다. 시대가 변하며 과거에 비해 개인주의적인 가치관이 보다 집중되고 그와 맞물려 취업이나 연애, 인간관계 등 사회 구조적 고충으로 인하여 자존감과 관련된 이슈들이 많이 논의되고 있다.

여기 어떤 여자가 있다고 가정해보자. 내 주변 지인들의 한 면씩 뽑아내어 페르소나화한 가상의 설정이다. 완벽한 몸매, 사랑스럽고 매력적인 얼굴, 시의원의 딸, 서울대학교 법학과 출신의 실력 있는 변호사로 청담동에 본인 명의로 된 아파트에 거주 중이다. 다재다 능하여 취미로 시작한 댄스는 아마추어 살사대회도 나갈 정도이며, 베이스 기타를 잘 쳐서 밴드 공연도 즉흥으로 할 수 있고, 최근 미술에도 흥미가 생겨 유화 페인팅을 배우고 있다. 요리나 베이킹도 잘하여 누군가의 생일에는 직접 구운 케이크를 선물해주고, 여기에 성격도 밝고 명랑하여 어디서나 상냥한 태도, 정말 꼬인 것이 하나 없는 완벽한 여자다.

"이 완벽한 여자의 자존감은 어떨까요?"

대학생을 대상으로 강연을 할 때, 이 질문을 던졌다. 그러자 많은 청중은 저 사람 인생을 하루라도 살아보고 싶다고 답했다. 이렇게 집안, 학벌, 외모, 성격, 재능 등 모든 조건을 두루 갖추고 있는 사람의 자존감은 당연하게 높을 것이라고 확신하는 것이다. 물론 확률적으로 이 여자의 자존감이 높을 가능성이 크다. 안정적인 환경에서 부모의 지원과 사랑을 부족함 없이 받으며 부러지지 않고 올곧게 자라온 것은 분명 축복이니까. 그러나 '자존감'에 대한 이야기는 또 다른 이야기다. 내가 18년의 해외 생활 후 한국에 들어왔을 때 충격을 받았던 것은, 한국 사회에서 여성들의 자존감이란 아름다움, 즉 외모적 요소 및 외부적인 성과를 직결시켜 이야기 전개를 하는 경우가 많다는 것이다.

자존감이라는 것이 이런 스펙과 조건 등 '무엇을 가져서' 나오는 것이라면, 누구와 비교해서 '더 나은 것'에 대해서만 감사할 것이다. 더 가진 사람 앞에서는 자연히 움츠러들 것이며, 덜 가진 사람 앞에서는 은연중 무시하는 태도를 가질 수도 있을 것이다. 이렇게나 상대적인 것이 과연 진짜 자존감이냐? 라는 질문에 어느 누구도 "네"라고 대답할 수는 없을 것이다.

내가 생각하는 진짜 자존감이란, 내가 가진 '무엇'이 아닌, 누구와 비교해서 '더 나은 것'에서 출발하지 않고 낮은 마음에서 나온다고 믿고 있다. '높은 자존감이 낮은 마음에서 나온다니?' 이상하게 생각할 수도 있다. 다만 자존감은 말 그대로 자신(自)에 대한 존중(尊)을 뜻한다. 이는 자신의 가치와 능력을 솔직하게 인정하며, 자신의 결점과 한계를 받아들이면서도 긍정적으로 생각하는 것을 의미한다.

나는 늘 말하지만, 많은 절망을 거친 뒤 내가 얼마나 부족한 사람인지 알게 되었다. 나의 한계를 알고, 내가 얼마나 한심한 사람인지 알게 되었다. 속에 분과 짜증이 가득하여 조심하지 않으면 무시로 옆 사람을 찌르고 아프게 하는 못된 사람이다. 그렇기에 이런 나를 사랑해주는 사람에게 감사한 마음이 든다.

"내가 이 정도의 사람인데, 넌 당연히 나를 사랑해야지"가 아니라,

이런 부족한 나를 예뻐해 주는 사람, 그리고 이런 나와 함께 시간을 보내는 사람들에게 진심으로 감사하게 된다. 세상에 당연한 것은 없다. 그렇기에 자존감이 높은 사람은 청소하는 아주머니의 수고스러움에 공감할 줄 알며, 나의 택배를 받아 주시는 경비아저씨들에게 감사함을 표현한다. 내 앞에 문을 잡고 기다려 주는 사람에게 정중하게 고맙다고 인사하는 사람이며, 일부러 폐지를 줍는 할머니가 오시는 시간에 맞춰 박스를 내놓는 사람이다. 사회적으로 높은 위치에 있는 사람이던지, 약한 위치에 있는 사람이던지 상관없이 '내가 부족하기 때문에' 겸손함을 유지하므로, 이 사람의 중심은 갈대처럼 흔들리지 않는다.

세상에 모든 조건을 다 갖춘 사람이라 해도, 그 사람의 자존감이 높지 않을 수 있다. 자존감은 바른 동기에서부터 나오기 때문에, 돈을 많이 버는 사람에게 왜 이런 사람이 되고 싶었냐고 질문을 하면, 진짜 답은 본인만 알고 있다. '누군가를 지배하기 위해서', 혹은 '무시 받지 않기 위해서'라면 그것은 바른 자존감이 아닌 우월감을 위한 열등감에서 출발한 것이고, 언젠가는 주위 사람들이 그로 인한 부작용, 즉 우울, 공격성, 분노 등을 같이 떠안게 될 것이다. 반대로, 내 옆의 사람을 행복하게 해주고 싶은 마음, 주변인에게 감사함을 표현하고 싶어 실력으로 보답하고 싶은 마음이 그의 동기라면, 이 사람 곁에는 돈이 있어도, 없어도 사람들이 늘 곁에 있을 것이다. 그것이야말로 진짜 자존감이지 않을까? 자존감에도 레벨이 존재한다는 것이다.

우리는 왜 자존감을 높이기 위해 스펙에 집중하는 것일까? 왜 누군가와 끊임없이 비교를 하며 '나는 자존감이 낮아'라고 스스로를 정의하는 것일까? 자존감은 외면이 아닌, 내면에 집중할 때 비로소 생기는 것이다.

"그렇다면 어떻게 자존감을 높일 수 있나요?"

이 질문에 대한 답은 간단하다. 존경하는 것이다. 질투하지 않는 것이다. 나에게 가진 재능보다 더 뛰어난 재능을 가진 사람을 존경하고, 배워야 한다고 생각하면 된다. 위에 설명했듯이 '낮은 마음'을 가지는 것. 남에게 감사하는 마음을 진정으로 가지는 것. 그렇게 겸손한 마음으로 존경하면 자존감을 높일 수 있을 것이다.

자존감은 결국 무엇을 하느냐 혹은 가진 것(do or have)에 대한 이야기가 아니라, 내가 어떤 사람인지, 어떤 마음을 가지고 살아내는지(being and attitude)에 관한 것이다. 눈에 보이지 않는 마음의 동기는 결국 드러나게 된다. 더욱이 매일 마주하는 가까운 사람에게는 어떻게든 드러날 것이다.

이 세상에 사랑하고 포용할 수 있는 능력을 연습하려는 사람이 얼마나 될까? 나는 매일 부족하지만, 감히 그런 사람이 되고 싶다. 내가 말하는 대로, 글 쓰는 대로 살고 싶다. 결국 죽을 때 내가 가져갈수 있는 것은 돈도 아니고, 학위도 아니고, 어떤 언어를 구사하느냐, 어떤 업적을 세웠느냐도 아닌, 진정한 마음으로 서로가 사랑했던 마음과 그리움만 남을 테니까.

좀 놀아본 언니의
망한 연애 Q&A

나는 처음부터 연애 글을 쓰던 작가가 아니었다. 다만 블로그와 브런치를 운영하고 강연 활동과 유튜브를 하면서 알게 된 사실은, 사람들은 지난날의 나의 망한 연애와 지금의 성공적인(?) 결혼생활에 대하여 참 관심이 많다는 것이다. 늘 항상 말하지만, 나 역시 한때는 SN이었으며, 길고 화려한 BS 퍼레이드를 몇 번이나 거친 하나의 여자 사람일 뿐이다. 똑똑한 사람들은 "만나지 마!!"라고 말하면 그냥 만나지 않고, 바로 연락을 끊지만, 나 같은 연애 고자는 온몸에 붕

대를 미라처럼 칭칭 감고, "여기는 불이에요!! 불에 들어가면 저처럼 화상을 입어요!!!!"라고 크게 소리치는 미련한 곰일 뿐이다. 아직도 정답은 모르겠으나, '이건 확실히 아니다!'라는 사실만큼은 온몸으로 데여 알게 된, 더는 상처받고 싶지 않았던 하나의 언니일 뿐이다.

독자분들이 가장 많이 하는 질문과 답을 모아보았다. 그렇게나 힘들게 얻은 나의 망한 연애의 고찰이다.

① 이별 후 맞는 폭풍에 대하여 : 너무 힘든데, 덜 힘들 수는 없을까요?

네, 없습니다. 사람은 그릇과도 같은 존재예요. 끊임없이 외부의 것을 필요로 합니다. 바깥에 공기를 코로 들이마셔 폐에 집어넣고, 책을 읽어 지식을 뇌에 넣고, 음식을 입으로 먹어 위장에 채워 넣습니다.

가슴도 똑같아요. 우리는 이성을, 가족을, 친구를, 그렇게 소중한 사람들을 가슴에 담고 삽니다. 우리가 술에 취하여 꽐라가 되어 위장에 있는 것을 토할 때, "아 괴롭다. 내가 이놈의 술 다시 먹나 봐라" 하고 괴로워하듯, 무엇인가를 집어넣었다가 다시 토하는 과정은 원래 힘든 거예요. 가슴을 비워내는 과정이 아픈 것은 더욱 이루 말할 수 없죠. 머리로는, 입으로는 그렇게 가버린 놈(년)이라며 욕을 하지만, 가슴은 아직 자꾸 원하잖아요. 토해내는 과정이에요. 숙취가 영원하지 않듯 이 과정이 아프지만, 꼭 시간이 해결해 줄 거예요.

② 남친/여친이 자꾸 연락이 두절됩니다. 어떻게 하죠?

바쁘다는 핑계로, 아니면 별 시답지 않은 핑계로 나를 애태우는 사람. 뭐, 몇 시간이야 그럴 수 있다 칩시다. 그런데 이 연락을 영문도 모른 채 며칠 동안 받지 못하는 상황을 정말 안 겪어본 사람은 모를 겁니다. 무슨 일이 있는 것인지 걱정되고, 내가 무엇을 잘못한 것인지 불안하고, 매시간이 초조하고, 밤에 잘 때에도 휴대폰을 베개 옆에 두고 잡니다.

제가 겪은 경험이라 매우 주관적이지만, 100% 모두 뒤에서 다른 여자를 만나거나 불건전한 짓을 하던 사람이었어요. 그리고는 "너는 왜 이렇게 사람을 의심하니? 왜 불편하게 만드니?"라며 탓을 합니다. 혹여 나쁜 짓을 하지 않고 본인이 그저 쉼을 원해서 동굴에 들어간 것이라도 문제입니다. 상대가 준비되지 않은 상태에서 이해를 무작정 강요하는 거잖아요. 예의를 지키지 않는 사람입니다. 저는 이 '연락'이라는 것에서 내가 감당이 가능한 이성인지에 대한 판단을 할 수 있다고 생각합니다.

감당이 되지 않으시나요? 떠나세요, 휙! 알면서도 잘 안된다고요?!

압니다. 저도 그랬거든요. 제가 이겨냈던 방법은 이 사람은 나와

아주 멀리 떨어져 있는 아프리카에 사는 사람이다, 라고 생각했고, '나는 지금 장거리 연애를 하고 있다'라고 스스로에게 마인드 콘트롤을 했습니다. 그리고 제가 혼자 할 수 있는 것들을 먼저 했습니다.

'너 없어도 얼마나 내가 매력적인지 봐라'라는 마음도 컸던 것 같아요. 저는 독서, 비누 만들기, 텃밭 가꾸기, 다국어 공부, 요리, 발레, 피아노, 플루트, 기타 등등을 하며 덕분에 취미 부자가 되었습니다. 그렇게 또 한참 잊고 지내다 보면 연락이 분명 올 거예요. 그럴 때 "NO, NEVER AND EVER!!"라고 단호하게 외칠 수 있을 만큼 혼자 잘 지내시게 될 정도면, 분명 나도 매력적인 사람으로 성장해 있을 거예요.

③ 처음 관계를 시작하는 것, 그러니까 말을 잘 거는 것, 이어나가
는 것이 너무 어색합니다.

이 질문을 하시는 분은 대부분 남자분이시던데, ②번과 어찌 보면 연결된다고 볼 수 있어요. 헌팅 포차만 주구장창 다니거나 길에서 다짜고짜 번호를 달라고 하는 분보다, 취미가 건전하신 분께 호감이 가는 것이 사실이거든요. 클럽에서 만난 잘 알지 못하는 남자보다, 스터디그룹에서 마주하는 열정적인 남자가 더 호감이 가는 것이 당연한 것이잖아요. 자연스럽게 이성 호감이 아닌 '인간 호감'이 발생합니다. 인간 호감을 먼저 토대로 관계를 진행하시는 분

은, 이성적인 호감보다 훨씬 더 견고할 뿐만 아니라 더 자연스럽습니다. 서로를 관찰할 수 있는 여유가 먼저 있기 때문이죠. 공식과도 같은 말이지만, 내가 좋은 사람이 되려고 노력하다 보면, 알아서 옵니다. 자석처럼.

④ 과거 있는 남자/ 여자

제 기준으로, 딱 하나만 말씀드리자면,

"그 사람 과거가 약점으로 보이나요, 아니면 상처로 보이나요?"

이 질문의 답에 따라서 관계의 방향이 달라질 거라 생각합니다. 감당할 수 있는 사랑, 감당할 만한 사람을 만나세요. 사랑이라는 감정보다 중요한 것은, 결국 사람, 인격입니다.

⑤ 정말 정말 피해야 할 사람의 기준이 뭘까요?

저는 개인적으로 '심보'라고 생각합니다. 남자분께 말씀드리는 것도 똑같고, 여자분께 말씀드리는 것도 똑같아요. 누군가에게 심보를 바르게 쓰느냐, 쓰지 않느냐예요. 누군가가 잘되는 것을 배 아파하는 사람들과의 연애와 결혼은 정말 잘 생각해보라고 말씀드리고 싶어요.

인격은 누구나 자랄 수 있어요. 남을 배려하는 방법을 배워가면서요. 그런데 심보를 못되게 먹고, 질투하고, 열등감에 젖어 사는 사람들은, 그 씨앗부터가 다르다고 생각이 됩니다. 남의 일에 진심을 담아 축하해주는 사람은 반드시 성장하게 됩니다. 나와 상관없는 누군가가 연봉을 많이 받으면 손뼉을 쳐주고, 별로 친하지 않았던 고등학교 옆 반 친구 영희가 결혼을 잘하면 축복해줍니다. 그리고 그것을 부러워하거나 존경하며 어떻게 하면 저렇게 될 수 있지? 방법을 생각하고 발전합니다. 그러나 심보가 나쁜 사람들은 남 탓이나 환경을 계속 탓하며 남을 깎아내리고, 그 자리에서 끌어내리려는 데에 에너지를 쏟습니다. 그런 사람들이 자랄 수 있는 확률이 과연 몇 퍼센트나 될까요?

'심보가 나쁘다'의 또 다른 정의는 왜곡된 열등감입니다. 모든 안 좋은 것이 자동 옵션으로 붙어요. 습관적인 거짓말, 분노조절장애, 남 탓, 내로남불 등등이요. 내 주위 사람이 잘나가는 것을 배 아파하는 것은 물론이거니와, 별로 상관없는 사람의 인생까지 질투하고 욕하는 사람들이 생각보다 많다는 사실에 저는 정말 놀랐어요. 일례로 패스트푸드점에서 쓰지 않은 케첩, 휴지, 빨대 등은 다시 돌려놓아 다른 사람이 쓸 수 있게 하는 것이 당연하다고 생각하는데, 그걸 쓰지도 않으면서 일부러 망가뜨리는 사람을 본 적이 있습니다. 눈이 펑펑 와서 길거리에 누군가 정성스럽고 예쁘게 조각을 빚어놓았는데, 일부러 그것을 부숩니다. 힘들게 노력을 하여 정상에 올라간 사람에게 근거 없는 악플을 달며 괴롭힙니다. 저는 이런 사람들과는 이성으로는 물론, 인간적으로도 거리를 두고 싶어요. 마음을 곱게 먹고, 마음이 고운 사람을 만납시다.

해외에서 사는 싱글 여자,
왜 나에게 맞는 남자를 만나기
더 힘든 걸까요?

화려해 보이는 도시에서 화려한 삶을 살고 있는 그녀들. 학력, 집안, 외모, 성격은 물론 다개국어 능통에 건전한 취미 부자이며 직업까지 좋다. 정말 남들이 보기엔 다 가지고, 남 부러울 것 없는 멋진 삶을 사는 것처럼 보이는데 이들에게도 고민이 있다.

"왜 나에게는 사랑이 어려울까?"

남들은 잘만 하는 그것, 유독 나에게만큼은 쉽게 허락되지 않는 것 같은 이 한 가지.

도대체 왜 그런 걸까. 무엇이 문제인지 모르겠다.

'00697…'

국제전화가 걸려온다. 두바이다. 두바이에서 멋있게 커리어우먼으로 사는 A다. 예쁘고 털털한 그녀는 우리 무리 중 가장 막내로 깨발랄을 담당하며 귀여움을 독차지하는데, "언니~"라고 한마디만 했는데도 바로 감이 왔다. 역시나 그녀의 고민도 똑같다.

나도 오랜 해외 생활을 했기 때문에, 해외에서 사는 싱글 여성들에게서 이런 질문을 많이 받는다.

"왜 나에게 맞는 짝을 특히나 더 찾기가 힘든 건가요?"

남자가 아예 없는 환경도 아니다. 그러니까 더 미치겠다. 이렇게나 많은데 왜 내 짝은 없는 거냐고. 집 밖으로만 나가도 휘파람을 불고, 계속 버스에서 추파를 던지며 "Tu es tres belle(당신 정말 예뻐요)"라며 속삭이기도 한다. 그중에는 잘생긴 남자, 능력 있는 남자, 내가 찾던 이상형, 다 있는데 왜 자꾸 문제가 생기는 것일까?

"너 아니면 안 돼."

괜히 본인이 먼저 나에게 다가와서는, 이렇게나 싱겁게 끝내고 떠나버릴 일이냐고. 잘생겼는데 업소에 다니는 것을 당연하게 여기며, 능력은 있는데 길거리에서도 분을 참지 못하고 내뿜는 분노조절장애자. 남들이 보기에는 누구나 부러워하는 훈남인데, 막상 만나보니 가면을 쓴 이중인격자, 처음엔 "너 하나만 볼게"라며 다가왔는데, 알고 보니 왜 여자 친구가 있는 것이며, 나중에는 오히려 내 탓을 하며, "요즘 시대에 open relationship도 못 받아들이는 너는 시대에 상당히 뒤떨어져 있구나" 하며 가스라이팅을 한다. 이런 개소리가 지나치게 당당하여, 나중엔 '정말 내가 잘못한 걸까?'라는 생각까지 든다. '정말 나에게 무슨 문제가 있는 걸까?' 자괴감이 든다. 이렇게나 무수한 별놈들 중에서, 나의 '별'을 찾기가 이렇게나 힘이 드는 걸까.

"언니, 도대체 왜 이러는 거야? 언제까지 쓰레기를 만나야지, 이 분량이 다 차는 거야?"

불과 몇 년 전까지, 똑같은 고민을 했던 나였기에, 똑같은 질문을 했던 나였기에, 어쩔 수 없는 현상인 것 같다고 답을 해주었다.

"네가 너무 매력적이라서 그래. 그런 놈들은 본인의 액세서리 역시 매력적이어야 하거든. 나르시시스트를 조심해야 할 것 같아."

많은 남자가 화려한 여자들을 주목한다. 여자를 진정으로 사랑해서가 아닌, 본인의 자존심이나 인기에 대한 욕구로 여자에게 다가가며, 교제에 성공하는 것을 하나의 업적으로 여긴다. 가면을 쓰고 다가오는 그들을 분별하기는 쉽지 않을 것이다. 그런 사람 중에서 나에게 맞는 사람을 찾기는 더 어려울 것이다. 그렇기에 여자가 화려해 보이면 보일수록, 능력을 가지면 가질수록 짝을 찾는 것이 더 어렵다는 것이 나의 결론이다.

화려한 도시, 이런 화려한 생활 속에서 행복해야 하는 것이 맞는데, 왜 나만 이렇게나 공허할까. 허망할까, 라는 생각을 하고 있는 지친 언니에게 해주고 싶은 말이 있다.

그 별놈들 중에, 나의 별은 반드시 나만 알아볼 수 있게 작게 빛난다고.

그렇게 아팠던 시간만큼, 함께하는 모든 순간을 행복하고 감사할 수 있게 해주는 사람, 쉽지는 않지만 반드시 만나게 될 거라고.

나에게 맞는 사람과 결혼을 해보니 확실히 알게 된 사실은, 나에게 문제가 있었던 것이 아니라 그들에게 문제가 있었던 것이었다고.

그때 그 모든 순간들 덕분에 작은 것에 감사할 수 있는 결혼생활을 5년째 잔잔하게 이어올 수 있다고 말이다.

* 그렇게 힘들어했던 A 역시 현재 자신만의 '별'을 만나서 행복한 결혼생활을 하고 있다.

지혜로운 사람은 자만하지 않는다

지식이 넘치는 정보화 시대다. 지식을 많이 가진 사람은 똑똑한 사람이 되고, 좋은 학력, 좋은 직장을 가지게 된다. 똑똑한 사람을 싫어하는 사람은 없다. 그러나 '많은 지식을 가진 사람과 많은 지혜를 가진 사람 중 어떤 사람이 되고 싶으냐?'라는 질문에 지식을 대답하는 사람은 드물 것이다.

지식(知識, knowledge)의 사전적 의미는 어떤 대상에 대하여 배우거나 실천을 통하여 알게 된 명확한 인식이나 이해를 뜻하며, 지혜

(智慧, wisdom)는 사물의 이치를 빨리 깨닫고, 사물을 정확하게 처리하는 정신적 능력을 뜻한다. 그러므로 지식을 많이 가진 사람이라고 해서 반드시 지혜롭지는 않다는 것이다.

지식은 보통 내가 열심히 공부하고, 여러 환경 속에서 경험으로 혹은 노력으로 습득한 '나'만의 결과일 경우가 많으며, 그렇게 쌓아올린 나의 옳고 그름에 대해서 민감하다.

"나는 이런 사람이야. 그러니까 네가 바꿔."

"나는 원래부터 이래왔는데, 너는 다 알고 날 좋아했던 것 아니었어? 뭐야? 날 온전히 사랑하지 않는 거네."

"나는 절대 바람피우는 사람이 아니야. 나는 절대 그럴 일 없어. 나는 절대 변하지 않아."

그렇기에 이성과 싸울 때에도, 입장 차이가 있을 만한 사안에도 무조건 자신의 옳고 그름에서 나온 위와 같이 확신에 가득 찬 '절대'를 쉽게 내뱉으며, 상대가 나에게 맞추고 바꾸길 원한다. 대안이 없는 비판에 갇힐 때가 많아서, "네가 잘못이야!!"라고 몰고 갈 때가 많다. 물론 논리적으로 맞는 경우가 많지만, 그 말이 상처가 되는 것은 지식은 상대를 위한 것이 아닌, 나를 위한 것이기 때문이다. 나의 커리어를 위해서, 나의 안녕을 위한 것, 지금까지 쌓아온 '나의 것'은 옳고 정당하므로 이것이 상대에 대한 배려 없이 절대적인 기준이 되는 것이다.

지식이 없는 사람이 자신만을 위할 때, 우리는 그를 무식하고 무례한 사람으로 부르며, 지식이 늘 자신만을 위할 때, 우리는 그 사람을 영악하다고 표현한다. 그러나 지혜는 다르다. 지혜는 지식이 있는 자가 남을 위할 때 생긴다. 그 지식이 남을 위해 빛날 때 지혜가 된다.

사람은 모두가 불완전한 존재이기 때문에, 세상에 '절대'라는 것이 없다는 사실을 먼저 인정하므로 오히려 '절대'라는 말을 하지 않는다. "네가 틀렸어! 내가 맞아!!" 이렇게 피 터지게 싸우지 않고, 관계를 생각하고 그 사람을 소중하게 여겨 먼저 미안하다고 말할 줄 안다. 논리적인 것처럼 보이지 않아도, 대화만으로 따뜻해지고 마음이 풀리게 된다. 사람을 '절대' 믿어야 하는 존재가 아닌, 그저 사랑해야 하는 존재로 인정하는 것이다.

조금은 능력이 없어도 괜찮으니까, 지혜로운 사람이 되고 싶다. 그런 따뜻한 사람이 되고 싶다.

그 사람의 과거가 상처로 보이는가,
흠으로 보이는가?

"어떤 남자(여자)와 결혼해야 할까요?"

내가 가장 많이 받는 질문이다. 그리고 결혼 전 내가 먼저 결혼한 친구들에게 제일 많이 했던 질문이기도 했다. 이제 나의 대답은 이러하다.

"이 사람의 단점, 과거, 환경이 흠으로 보이지 않고 상처로 보인다면 결혼해."

사실 이 말은 내가 한 것이 아니라, 남편이 나에게 해준 말이었다.

나의 가장 깊은 트라우마 중 하나인데, 내가 과거에 만났던 사람 중에 나를 죽이겠다며 협박한 자가 있었다. 울며불며 9년을 살았던 정든 터전을 버리고 한국에 도망치듯 나와서 남편을 만났고, 행복한 결혼생활을 하며 이 사건이 겨우 잊혀 가던 중 어느 날 이 자가 다시 나타난 것이다.

나의 브런치에 50여 개가 되는 악의적인 댓글 테러, 몇만 명이 있는 온라인 커뮤니티에서 본인은 피해자인 척 악의적으로 나의 과거 – 그래봤자 내가 위에 다 언급했던 일들 – 를 들춰내 폭로하며 나를 남성 편력이 심한 꽃뱀 취급을 하고, 직업이 없는 무능한 사람으로 매도하여 고의적으로 흠을 내려고 여론 형성을 시도한 적이 있었다. 결국 소송을 진행하였고, 이 자는 형사처벌을 받게 되었다.
아무튼 그때, 그 자가 남긴 테러를 본 남편은 상처받은 나를 안아주며 같이 울어주었다.
"괜찮아, 여보. 나는 여보의 모든 과거가 흠으로 보이지 않고, 상처로 보이니까. 나는 어떤 사람들이 뭐라 해도 항상 여보 편이야."

모든 사람에게는 단점이, 상처가, 과거가 있다. 사람은 완벽하지 않다. 그렇기에 서로의 부족한 모습을 채워주며, 보완하며 그렇게 살아가는 것이 결혼이라고 배웠다. 사랑이라는 이름으로 그렇게 책임지면서. 그러나 당신을 사랑하지 않는 사람은 당신의 아픈 과거를 들을 때 판단한다. 나는 이런 사람과는 함께해서는 안 된다고 생각한다. 당신과 싸울 때, 당신의 약점을 끄집어내며 아프게 할 것이다. 이런 사람은 남녀 불구하고 멀리해야 할 사람이라고 생각한다. 당신과의 결혼을 망설이는 이유를, 계속 당신의 탓을 하며 미루거나 회피한다면, 결혼을 해서도 그는 영원히 당신으로 만족하지 못할 것이다.

나의 블로그와 브런치를 오래 보았던 독자분들은 나의 부끄럽고 험난했던 과거를 알고 있다. 얼마나 망했는지, 얼마나 아팠는지. 그러나 남들은 손가락질할 수 있는 그 모든 흉터를, 나의 남편은 가만히 쓰다듬어주었고. 그저 함께 울어주었다.

내가 다시 일상을 다시 기록할 힘을 얻고, 또 이렇게 글을 쓰게 된 이유도 과거의 상처보다 더욱 소중한, 나의 현재를 놓치지 않고 싶어서였다. 나의 소중한 현재가 '소중하다'라고 느낄 수 있게 해준 것은 남편의 따뜻함 때문이었다. 나는 참으로 간사한 사람이기 때문에, 이 감사함을 잊을까 봐, 혹여 과거 간절했던 나의 마음과 아픔을 잊게 해준 이 사람의 존재를 당연히 여기게 될까 봐 기록을 한다. 이 사람이 변하는 것보다 내가 변할까 봐, 그게 무서워서.

그렇다. 나는 과거 있는, 상처 있는 사람이다.

그러나 괜찮다. 과거의 모든 눈물이 괜찮아질 만큼, 너무 소중한 사람을 만났으니까.

그래서 이제는 이 사람을 행복하게 해주고 싶은 마음이 남았다.

당신은, 사랑하고 있는가?

그 사람의 모든 과거가 상처로 보이는가, 흠으로 보이는가?

연인이기 앞서, 인간으로서도
꼭 손절해야 하는 유형

결혼을 하기 이전 많은 연애에 실패를 하며, 혹시 나에게 문제가
있지 않을까 라는 생각을 했다.

좋은 사람은 좋은 사람끼리 만난다고 하는데, 끼리끼리 만난다
고 하는데,

왜, 왜 나는 이런 사람을 만나는 것일까?

왜, 연인인데 이렇게 거지같이 조종당하는 느낌을 받는 거지?

내가 나쁜 사람이라서, 그래서 그런 것일까?

나는 그 모든 원인을 나에게서 찾고 있었다.

"너랑 너네 가족은 교회도 다니면서 온갖 착한 척을 하네. 이런 사소한 것도 용서를 안 하는 것이 무슨 크리스천이라고. 결국 돈을 바라는 거 아냐?"

"너 같은 위선자는 처음 본다."

"다 너를 위한 거였어."

위의 모든 말은 내가 실제 들었던 말들이다. 본인이 학력, 신분, 배경. 모든 것을 속이며 뻔뻔하게 나에게 다가와 온갖 거짓말을 해놓고는, 오히려 그 모든 잘못을 나에게 덮어씌우며, 나쁜 아닌 나의 부모님의 죄책감을 건드리며, 나에게 잘못을 추궁했었다.

"이런 사람이 어디 있어요? 너무 극단적인 거 아닌가요?"라고 경악하지만, 사회생활을 하며 한 번쯤은 겪어보지 않았을까? 분명 본인의 일인데 나에게 떠넘기며, 나에게 책임을 묻는 자. 내가 그 일을 잘하면 나의 이름이 아닌 본인의 이름으로 그 성과를 가로채는 자. 내가 그 일을 못 하면, 다른 사람 앞에서 심한 모멸감을 주는 자. 겉으로 보기엔 이 사람은 아무 문제 없고, 그저 '성격이 좋다'라는 평까지 듣는데, 옆에 있는 사람은 미쳐버릴 것 같다. 내가 정말 문제가 있는 걸까, 의심이 들 지경이다.

소시오패스, 나르시시스트.

그들은 선천적 악인이다. 나의 선한 양심을 교묘하게 건드려서 내가 정말 잘못한 것인지 의심하게 만든다. '잘잘못을 가리는 것'을 최우선으로 두고, 어떻게든 나의 잘못으로 결론을 내어 약점으로 만들고 옮기고 흔든다. 나의 상한 마음, 내가 받았던 충격 따위는 안중에도 없고, 만약 내가 눈물을 흘리더라도 오히려 짜증을 내는 것도 그들이다.

그들은 나의 아픔에 전혀 관심이 없다. 다만 그들은 나를 필요로 할 뿐이다. 나에게 뜨겁게 다가와 마음을 흔들어놓고, 나의 마음을 다 아는 척, 나와 교류하는 척 마음을 사로잡아 그들의 거미줄에 달아두고 너덜너덜해질 때까지 나의 양분을 빨아먹고 빈껍데기만 남긴다. 그들은 그들이 원하는 것을 가지는 데에만 관심이 있다.

거짓말을 뻔뻔하게 해놓고, 내가 잘못 들은 것이라고 화를 내는가?

그러게, 처음부터 속은 네가 잘못이지, 라고 오히려 탓을 하는가?

내가 손절하려고 하면, 갑자기 죽는 시늉을 하며 불쌍한 척을 하는가?

말도 안 되는 모습들에 결국 마음이 식어버렸을 때, 뚝뚝 눈물을 흘리며 용서를 구하는가?

그들에겐 양심이 없다. 제발 속지 않기를 바랄 뿐이다. 문화심리 학자 김정운 박사는 '우리는 외로움을 견디다 못해 나쁜 관계로 도 피한다'고 했다. 그렇기에 우리에게는 이런 사람을 만나지 않을 용 기가 필요하다. 가능한 그들에게서 멀리 떠나길 바란다. 만약 그들 을 손절할 수 없는 상황과 환경 속에 있다면 이제는 단호해지기를 바란다. 피하면 반드시 또 찾아와서 괴롭히고 마주치고 싶지 않아 서 그냥 조용히 있으면, 계속 나에게 잘못을 뒤집어씌우며 가스라 이팅을 시도할 것이다.

소시오패스와 나르시시스트의 행동 패턴은 강한 사람에게는 약 하고 약한 사람에게는 강하기 때문에, 지금까지의 나의 선한 모습과 친절한 행동을 '약한 것'이라고 인식하고 있다. 그러나 내가 지금까 지의 친절함을 거두고 그에게 단도직입적으로 말해야 한다.

"네가 나를 또 괴롭히려 찾아오거나 나를 또 건드리면 반드시 너 를 끝내버릴 거야. 다른 사람은 용서해도 너만은 절대 용서하지 않 을 거야."

이런 자세로 일관하면 그들은 당황하게 될 것이다. 소시오패스와 나르시시스트는 오로지 '자신의 이익'에 초점을 맞추고 있는데, 이 것은 '자신의 피해'에 극도로 민감하다는 또 다른 반증이다. 본인이 이익을 착취하던 먹잇감이 자신에게 칼을 겨누게 되면 떠나게 된다.

이제 그들을 변화시키려는 노력, 이들에게 인정받으려는 노력을 멈추길 바란다.

당신은 이미 존재만으로도 충분히 사랑받을 수 있는 귀한 사람이다.

연애와 결혼, 왜 나는 안되지?

나는 인생의 대부분을 하고 싶은 것들을 어떻게든 하면서 살았던 것 같다. 안 되는 환경을 헤쳐나가며 억지로라도 해내며 그렇게 이루며 살았던 것 같다.

그런데 연애만큼은, 결혼만큼은 내 마음대로 되지 않았다. 다들 쉽게 잘 만나서 결혼하는 것 같은데, 나에게 무슨 문제가 있는 것일까? 나의 이상형은 늘 똑같은데, 나도 그저 좋은 사람을 만나 사랑하고 싶은데, 그렇게 함께 늙어가고 싶은데 나의 현실에서는 찾을 수 없었다.

그동안 많은 사람이 나에게 관심을 표했고, 그중 나름 괜찮다고 생각되었던 사람들과 연애를 하기도 하며, '이 사람인가?'라는 기대를 했었지만, 나에게 사랑한다고 말했던 사람 중 그 누구도 내가 생각하는 것이 무엇인지, 내가 무엇에 우는지, 무엇에 웃는지 관심을 가지지 않았다. 입으로는 나를 사랑한다고 말했으나 내가 외로움에 지쳐 울며 써 내린 글에 별 반응을 보이지 않았고, 내가 무슨 생각을 하면서 사는지, 어떻게 살아왔는지 관심조차 없었다. 심지어 내가 썼던 글을 사람들이 좋아한다고 하면, 이런 식으로 말하곤 했다.

"그런 글을 도대체 왜 좋아해?"

"그런 거 안 봐도 나는 널 알아."

"나는 원래 이런 사람이야."

"나는 그래도 널 사랑해. 널 사랑하는 방식이 그냥 네가 원하는 것과 다를 뿐이야."

그래서 나도 그런 줄로만 알았다.

'그래, 사람이 자라온 환경이 다른데 그럴 수도 있지.'

'내가 조금 양보하면 돼.'

'꽃을 받고 싶은 내 마음, 내가 울고 있을 때, 내가 슬퍼할 때 나를 알아줬으면 하는 그 마음, 내가 필요할 때 나에게 달려 와줬으

면 하는 바람. 그래, 그냥 내가 참으면 돼. 저 사람과 나는 다른 사
람이니까.'

나는 그렇게 꾹꾹 누르며 살았다. 생일 선물로 꽃 한 송이를 받고
싶다고 늘 말했지만, 그 누구도 나에게 꽃을 사준 적이 없었다. 사람
들은 나에게 화려하다고 했고, 인기가 많아서 좋겠다고 했지만, 내
마음은 한 번도 채워진 적이 없었다.

그러나 남편은 달랐다. 내가 아침을 먹지 않은 것을 알고 따뜻한
두유를 매일 책상에 두었고, 내가 이전에 썼던 글을 읽고 같이 마
음 아파하며 울었다. 이제는 괜찮다고 웃어보자고 말했으며, 한 번
도 남자 친구에게서 받아본 적이 없는, 내가 그렇게나 바라던 꽃을
사주었다.

그리고 지난 5년 동안 나는 잊어도 기념일에, 내가 출장을 다녀
온 날에 혹은 아무 날도 아닌 날에도, 아무렇지 않게 꽃을 사준다.
내가 그토록 바라던 뜨거운 것이 아닌 따뜻함과 잔잔함으로 내 곁
을 지켜주고 있다.

나는 그동안 사랑이 많이 아팠다.

'왜 다른 것은 다 잘 되는데 연애만큼은 이렇게나 힘이 들까?'라고
생각했었고, 자책하였다. 사랑을 포기하고 살아야겠다고 생각한 적

도 있다. 사람마다 인생이 다르니 결혼은 내 것이 아닐 수도 있다는 생각을 하면서도 외로워했고 괴로워했다.

그러나 지금은 안다. 내가 아팠던 이유는 이 한 사람을 더욱 잘 알아보기 위해서, 그래서 이렇게나 아픈 것이었다고.

사랑의 유통기한에 대해서

남편을 만나기 전, 내가 했던 연애에는 모두 유통기한이 있었다.

보통은 1년 반, 최장 2년. 참고, 또 참고, 아닌 것을 알면서도 질질 끌다가 늘 엉망진창이 되어서, 그야말로 '정이 털려 끝난' 경우가 많았다. 나는 주로 차이는 쪽이었다. 분노조절장애 혹 일부다처제를 지향하는, 혹은 리플리 증후군과 같이 중대한 결격사유를 가진 자가 아닌 이상 내가 이별을 통보하는 경우는 매우 드물었다.

남자에게 다른 여자가 생겼다든지, 내가 아파서 돈을 못 번다는 이유 혹은 그냥 더 이상 맞지 않는다는 이유, 연락 두절, 잠수 등 참 많은 사유로 폐기처분 되었던 연애였다. 그런데 그렇게 끝날 때마다, 아픈 것도 아픈 것이지만 두려움이 생기기 시작했다.

'나에게 무슨 문제가 있는 것일까?'

'왜 나는 연애를 오래 지속할 수 없을까?'

'그러다 결혼을 하게 되면 또 그렇게 2년 안에 끝나버리는 것이 아닐까?'

그런 두려움, 나도 모르게 그런 징크스가 생겼다. 사람과 사람이 헤어지는 이유는 참 다양하다.

그러나 사랑하는 근본적인 이유는 항상 똑같다. 그냥, 이 사람이기 때문에. 다른 사람이 아닌 오직 이 사람만이 내 마음을 채워줄 수 있다는 것. 그것에 대한 감사함을 이어나가는 것이 사랑인데, 많은 경우 이 감사함이 어느 순간 권리가 되어버리고 끈을 놓아버리게 되면 연애가 어려워지기 시작한다. 받는 것을 당연하게 생각하고, 그것에서 만족하는 것에 한계를 느끼며 점점 블랙홀 속으로 빠져들게 된다.

그 모든 순간을 지나, 지금의 짝을 만나 네 번의 생일을 함께 보냈고, 세 번의 결혼기념일을 같이 보냈다.

'2년이 지나면 어떡하지?'라는 조바심을 느낄 새도 없이 지금도 사랑 중이고, 매일을 따뜻하게 보내고 있다. 앞으로 나의 삶이 어떻게 이어져 나갈지 알지 못하지만, 최소한 내가 가졌던 징크스와 '사랑의 유통기한'에 대한 두려움을 이 사람으로 인해 이겨내었음에 감사하고, '내가 이상한 게 아니었구나'라는 안도감도 함께 생겼다.

감정은 지나간다. 그러나 사람은 남는다.
서로에 대한 감사함을 평생 함께 누릴 수 있는 사람, 당연하게 여기지 않는 사람, 세상 모든 사람에게 거절당하는 것 같아도, 다 내 사람이 다 아닌 것 같아도.
나만의 그 한 사람만 만나면 된다. 그땐 유통기한이 없는 사랑을 할 수 있을 테니까.

배려의 정의

내가 그렇게 보이고 싶어서가 아닌, 내 마음 편하고자 나오는 행동이 아닌,

상대의 기준으로, 철저하게 먼저 생각하는 것.

내가 좋다고 무조건 직진하는 것이 아닌,

상대가 무엇을 좋아하는지 살펴보고, 먼저 그 필요를 채워주는 것.

그리고 생색내지 않는 것.

식당에 들어갈 때 문 열고 기다려 주는 것.

신발 벗고 들어가는 곳에서 나올 때, 신발을 꺼내 주며 신기 편하게 놓아주는 것.

길을 같이 걸어가다가 옆에 쥐가 죽어있는 것을 내가 발견하고 놀랄까 봐, 일부러 그 구간은 빨리 걸어 지나친 뒤 나중에 이야기해 주는 것.

택시를 탈 때 내가 달라붙는 치마를 입고 있으면 나중에 타게 하는 것.

누워서 노트북을 두드릴 때 모니터를 내가 보기 좋은 각도로 조정해주는 것.

내가 한없이 뒹굴거릴 때 칫솔에 치약까지 묻혀서 가져다주는 것.

국물 음식 먹을 때면 머리끈 챙겨주는 것.

당장 예뻐 보인다고 공들여 화장한 얼굴, 머리 만지지 않는 것.

"내가 널 좋아해. 내 마음이 이렇게나 커."

사랑한다는 말, 말로는 누가 못해. 말로 직접적으로 전달하지 않아도 충분했다.

이런 사소하지만 배려 가득한 행동들이 내 마음을 열었다.

간절함이 간사함에
잠식당하지 않게

유독 사랑이 간절한 사람이 있다. 사랑이 내 마음 같이 머물지도 않고, 움직이지도 않는다. 내 계획처럼 연애는 몇 년, 결혼은 언제. 이렇게 맞아떨어지면 좋겠는데, 자꾸 엇나간다. 새로운 사람을 만나면 '기대하지 않아야지' 하면서도 자꾸 이 사람이길 바라는 내 모습을 본다. 그리고 그 바람이 꺾이고 다시 꺾이면서, 내가 원했던 기대는 간절함에 이르고, 간절함이 꺾이고 또 거절당하면서 절망에 이르게 된다.

그리고 이제야 알았다. 세상에는 나의 그 간절함을 간사함으로 이용하는 사람들이 너무 많다는 것을.

"나는 다른 사람과 달라."
"너의 과거의 상처에서 겪었던 사람과 나는 정말 달라."
"넌 정말 나를 만나서 다행이야."
"너는 나 같은 사람 만나야 해."
"너를 감당할 수 있는 사람은 나밖에 없어."

이렇게 확신에 차 있는 사람이 다가오고 있다면 조심해야 한다. 자신감 넘치는 모습에 끌릴 수도 있다. 당장 나는 사랑이 간절하기 때문에, 이 말이 너무 매력적으로 들릴 것이다. 지푸라기 잡는 마음으로 또 그(녀)의 말을 믿고 싶어진다.

다시,
그래, 다시.
상처투성이 된 마음으로 다시 쏟아붓는다. 하지만 정말 조심해야 한다. 간사한 사람은 본능적으로 간절함을 먹이로 삼는다. '간절함'이란 이렇듯 참 위험하다. 기대했던 관계가 또 엉망진창으로 끝날 것이다.

진짜 좋은 사람은, 이렇게 말하지 않는다.

"너에게 내가 최고야."

강요하지 않고 그저 좋은 것을 주려고 한다. 잠잠하며 생색내지 않는다. 그 간절함을 알고, 지금까지의 상처를 알기 때문에, 무작정 책임진다고 말하지 않는다.

다만 조용히 옆에 있어 준다.

사랑이 간절한가? 좋은 사람은 좋은 사람을 만난다고 하는데 내가 좋지 않은 사람이라서 그런 건가?

'끼리끼리'라고 손가락질하는 사람들 말에 자책이 되는가?

괜찮다. 나도 그랬으니까.

그 모든 간절함 끝에 나타난 사랑은 어느 날 갑자기 '짠'하고 나타나지 않았으며, 화려하고 요란하지도 않았다. 다만 따뜻했으며 잔잔했다. 땅에 파묻혀 있어도, 남들은 모르는 아주 작은 반짝임만으로도 알 수 있었다. 오랜 간절함을 통해 내가 정확하게 무엇을 원하는지 그릴 수 있었던 것이다.

그러니까, 그 간절함을 잃지 않았으면 좋겠다.

간사한 사람에게 간절함을 함부로 내어주지 않길 바란다.

상처를 입었어도 여전히 포기하지 않고 사랑을 꿈꾸면 좋겠다.

왜냐하면 진짜 좋은 것은 얻기 힘든 거니까.

나쁜 사랑,
그 중독에서 벗어나기

나는 사랑은 희생이라고 믿어왔다. 오래 참고, 또 오래 참으며 '내가 아파도 상대를 끝까지 놓지 말아야지'라는 생각을 했다. 무책임하게 뱉어놓고 떠나는 사람에게 상처를 받았기 때문에, 그 가벼움이 너무 싫었기 때문에, 나만큼은 '사랑'이라는 단어에 정말 끝까지 책임을 지고 싶었다. 그러나 결과는 참혹했다.

"정말 어떻게 하다 하다 어디서 저런 인간을 만났어?"라는 소리를 들으면서까지.

"끼리끼리야"라는 조롱을 받기까지. 인생에서 굳이 겪지 않아도 될 일을 겪기도 하였다.

나에게 다가오는 사람들은 너무나 적극적이었다. 자신만만했고, 리드하고, 매력 있고, 나에게 온몸으로 구애를 했다. 그렇게 내가 마음을 열면 그때부터 지옥이 펼쳐졌다.

이런 느낌은 처음이라며, 나와 결혼을 하고 싶다며 내가 세계 어디에 있든 금세 날아오던 사람이었다. 아프리카에서 프랑스까지, 인도까지, 한국까지 단숨에 날아오던 그였는데, 어느 순간부터 연락이 점점 줄어들었다. 일주일 동안 연락이 없었다.

"바빴어"라고 오랜만에 연락이 닿았는데, '무슨 일이 생긴 것은 아닐까?' 걱정했던 마음이, 그렇게 걸려온 잠깐의 연락에 안도가 되었다. 그리고 연락 텀이 길어져 갔다. 점점 '옛다' 하고 던져주는 연락에 눈물 나게 고마워하고, '본인밖에 모르는 사람이, 그래도 이 정도로 나를 생각한다는 게 어디야. 그래, 이 사람이 나에게 이 정도로 한다는 것 자체가 대단한 거야'라고 나를 억지로 다독였다.

분명 행복해지려고 만났는데, 고통이 더 컸고 불안하고 초조하였다. 나는 결혼 전 그런 거지 같은 연애를 해왔다. 고통 속에서도 최선을 다해 사랑의 의미를 찾으려고 무던히도 애를 썼다. 그 많은 아픔과 고통 가운데, 내가 진짜 원하는 사랑이 무엇인지 점점 자세하게 그릴 수 있게 되었다. 더 이상은 냉탕과 온탕을 오가는 것이 싫었다. 롤러코스터처럼 짜릿한 감정에 지칠 대로 지치게 되었다.

"너는 나 아니면 안 돼"라며 가스라이팅을 당했던 모든 과거에서 벗어나, 점점 안정을 갈구하게 되었다. 물론 자극적이지도 않고, 딱 끌리는 '무엇'이 있다고 정의 내리지도 못했지만, 내가 곁에 있다는 것 자체를 감사해하고 소중하게 여기는 사람을 만나니 다른 세계가 펼쳐졌다.

사람들은 나의 삶을 파란만장하다고 말한다. 아직 서른 중반이지만, 드라마와 같이 굴곡이 많은 삶을 살았다고 말한다. 사실 이 굴곡의 대부분의 원인은 '고통스러워도 사랑이야'라는 마음에 오랫동안 갇혀서 자극적이고 나쁜 사랑에 중독이 되었었기 때문이었다. 연애할 때 두근두근하는 심장의 떨림을 사랑의 전부라고 믿어왔다. 우리가 흔히 이야기하는 '사랑에 빠졌다'라는 감정, 도파민이 주는 황홀함과 짜릿함이 틀린 것이 아니다. 다만 그 감정의 뜨거움을 기준 삼아서 그것만을 '사랑'이라고 정의하지 않아야 한다는 것을 깨달았다.

사랑은 둘이 하는 건데, 나만 하는 희생은 감옥과 마찬가지다. 그렇기에 고통이 없는 사랑에 익숙해지길 권한다. 한눈에 끌리는 사람에게 짜릿한 감정을 느끼는 것보다, 말이 없어도 함께 있으면 편안하게 느껴지는 사람이 기준이 되어야 한다. 어느 누구는 그것이 지루하다고 말할 수 있어도, 잔잔하고 부지런하게 행복을 찾아 나가는 것이야말로 나를 안정적이고 우아한 삶으로 인도할 것이다.

싸구려 구애에 현혹되지 않는 법
: 지팔지꼰 방지법

끼리끼리라는 말이 적용되지 않는 예외의 경우가 있다.

"왜 나는 보는 눈이 없을까?"
"왜 쓰레기 같은 사람에게 끌릴까?"

나에게 상처가 있기 때문이다. 자책하기 전에 한번 마음을 돌아보
길 바란다. 여자에게 상처가 많을 때, 진짜로 사랑받는다는 것이 무

엇인지 모를 때. 그때부터 위험이 시작된다. 이건 '끼리끼리'의 법칙이 아닌 '양육강식'의 법칙에 해당된다. '사랑'이 아닌 먹이가 되었기 때문이다. 간사한 사람은 상처가 많은 사람의 간절함을 본능적으로 먹잇감으로 삼고 가면을 쓰고 다가간다. 처음부터 속이려 덤비는 사람을 감당하기는 힘이 들 것이다. 그러나 확률적으로 그나마 방지하는 방법이 있다면, 아래 사항을 잘 체크해 보시길 바란다.

① 당신과 그의 처음은 어디였는가?

처음 그를 어떻게 만났는가? 어플, 클럽, 동호회, 스터디그룹, 학원, 교회 등 만남의 장소는 온오프라인을 넘어 점점 다양해지고 있으며 무궁무진하다. 그러나 그 만남의 환경이라는 것은 관계의 퀄리티를 결정하는 데 있어서 많은 확률로 중요하다는 것이 나의 의견이다.

당장 내 외로움에 못 이겨 시작한 어플 만남이라면, 나 자신도 온전치 않은 상황에서, 나 역시도 지금 상태와 환경이 불만족한 상황에서 '편리하게' 다른 이성을 찾는 것은 아닐지 돌아보아야 한다. 내 생활에 만족하는 사람은 어플을 찾아 남자 친구를 구하려 하지 않는다. 왜냐하면 얼굴도 모르는 그 사람의 마음의 상태가 객관적으로 어떤지 필터링 없이 그냥 접촉을 한다는 것이 너무 위험하다는 것을 알기 때문이다. 클럽도 마찬가지고, 헌팅도 마찬가지다. 단순하게 외적인 정보만 가지고 사람에게 다가오는 것인데, 이 사람이 최소한 어떤 것에 웃고, 어떤 것을 싫어하는지는 알고 만남을 시작해야 하지 않을까? 위험한 세상이다. 번호는 함부로 주지 않는 것을 추천한다.

② 가식 없는 진짜 사랑은 무엇인가?

나 역시 '가식 없는 진짜'라는 말의 참 의미를 찾는 데에 많은 시간을 허비하였다. 가식이 없다는 것은 나를 있는 모습 그대로 보여주고, 그래도 내가 좋으면 사귀는 것으로 풀이했다.

내 상처, 내 과거, 내 환경, 내 자랑, 내 매력, 내 모든 것.

이 모든 것을 꺼내놓아 보여주었을 때 가식 없는 사랑, 순수한 사랑이 될 수 있을 거라 생각했다. 내 패를 다 보여주는 것이 사랑의 기초가 되어야 한다고 생각했다. 그런데, 아니었다. 나의 패를 다 보여주고 상대에게 O 아니면 X로 고르게 하는 것이 아니라, 내가 가진 패와 저 사람이 가진 패의 결이 맞는지 살펴보는 것이 중요한 것이었다.

여기서 '상대의 패와, 내가 가진 패가 합쳐지면 좋겠군'이라는 계산이 들어가는 것과는 다른 의미다. 내가 정말 고심해서 조심스레 꺼낸 그 마음 조각과 상대가 꺼낸 마음 조각이 맞는다는 것. 문화가 비슷하고, 대화가 통하고, 앞으로 내가 원하는, 바라는 세계관/가치관이 비슷한 것. 그렇게 하나씩 패를 꺼내어 완성시켜 나가는 것이 가식 없는 사랑이라는 것을 알게 되었다. 당장 나에게 공주라고 불러준다고, 당장 나에게 뭘 잘해준다고 내 패를 보이지 말자.

최소한의 방어는 하고 나를 보여주자.

③ 상대의 부정적인 감정은 어떻게 표출되는가?

이 사람이 분노조절장애를 가진 폭력적인 사람인지, 스토커의 기질을 가지고 있는 사람인지, 불건전한 유흥을 좋아하는 사람인지, 처음부터 알기는 힘이 들 것이다. 처음부터 여자를 때리는 사람은 없으며, 처음부터 자신이 불건전한 술집을 다닌다고 밝히는 남자는 없으니까.

그런데 공통된 특징이 있다. 잘해주고, 맞춰주고, 배려해주기 시작하면 점점 경계를 풀며 자신의 가면 조각을 하나씩 하나씩 내려놓을 것이다. 간을 보며 부정적인 감정을 가까운 사람에게 점점 풀어놓게 될 것이다. 처음엔 작게 웅얼거리는 욕으로 끝났을 수 있다. 그리고 큰 소리를 지를 것이다. 만약 내가 여기에 놀라서 "응? 왜 그래?" 하고 물어보면 멋쩍어하며, "너한테 그런 게 아니야"라고 얼버무릴 것이다. 그러나 얼마 지나지 않아 벽을 칠 것이며, 그다음엔 물건을 던질 것이다. 그다음엔 손을 올릴 텐데, 그 손이 향하는 곳이 당신일 수도 있다는 것이다.

처음 작게 웅얼거리는 욕을 들었을 때, "나는 당신이 욕을 하는 것이 싫다"라고 처음부터 분명하고 단호하게 말해야 한다. 이야기를 하는 것과 하지 않는 차이는 매우 크다. 대부분의 여자가 이야기를 하지 않고 그냥 넘어가는데, 이 경우 남자는 '어? 이게 되네?'라고 생각하며 당신에게 점점 부정적인 감정의 표출 가용 범위를 늘릴 것이다.

'음? 뭐지? 뭔가 쎄한데?' 하고 이런 이상 증상들을 견디고 참다 보면 어느새 지팔지꼰(지 팔자 지가 꼰다)이 되어있을 것이다.

이제는 더 이상 간절함을 먹이로 삼고 다가오는 싸구려 구애에 현혹되지 않기를 바랄 뿐이다.

다만 모든 언니들이 아프지 않았으면 좋겠다.

INTERVIEW

스더언니 부부 인터뷰

2020년 6월 네이버 메인에 소개되었던 인터뷰로, 실전 연애와 결혼에 대한 생각을 나누었습니다.

Q 부부의 간단한 자기소개 부탁드립니다. 두 분의 성함과 나이, 그리고 하고 계신 일이 궁금합니다. 두 분의 결혼 일자는 언제일까요?

A 안녕하세요. 저는 서른 중반, 신랑은 서른 초반으로 연상연하 커플입니다. 18년 동안 해외 생활을 하며 '스더언니'라는 필명으로 작가, 미술 칼럼니스트, 배우, 모델, 뮤지션, 비즈니스 통역사, 국제행사 기획자, 국제학교 코디네이터 등 N잡러로 활동하였습니다. 2018년 한국으로 귀국한 뒤, 패션 기업에 해외 비즈니스팀으로 입사를 하였는데요. 패션 디자이너인 저희 남편을 만나 사내 커플이 되어 작년 9월에 결혼하였습니다. 현재는 부부가 함께 리빙 편집샵 오픈을 준비 중입니다.

Q 블로그에 남편분께서 매일 아침 책상 위에 따뜻한 두유를 올려두셨다고 쓰셨던데요. 두 분이 사랑에 빠지신 계기를 좀 더 자세하게 듣고 싶습니다. 또 두 분은 언제부터 사귀기 시작하셨을까요?

A 다국어를 하고, 다양한 분야에 종사하여 화려해 보이는 저의 오랜 해외 생활 뒤에는, 사실 늘 외로움이 짙게 깔려있었습니다.

저도 남편을 만나기 전 꽤 많은 연애를 하였으나, 어느 누구도 제가 쓴 글을 읽고 '삶의 본질'에 대하여 같이 고민해준 적이 없어요. 저에게 꽃을 사다 주거나, 손편지를 써준 적도 없죠. 늘 뜨겁게 구애를 하였어도 이내 식었고, 사랑한다고 하였지만, 제가 원하는 것이 아닌 그들의 방식대로만 사랑하였죠.

'뜨거운 것은 잠시지만, 따뜻한 것은 오래간다'라는 것을 깨닫게 되었고, 따뜻한 사람이 저의 이상형이 되었어요. 저의 이름을 부르는 그 순간에도 따뜻함이 묻어있는 사람을 만나고 싶었습니다.

제가 무슨 생각을 가지고 사는지, 어떤 글을 쓰는지 궁금해하는 다정한 사람을 만나고 싶었습니다. 그런데 어느 날부터 출근을 하면 제 책상에 따뜻한 두유가 놓여 있었어요. 제가 아침을 먹지 않는다는 것을 알고, 누구보다 먼저 출근하여 따뜻한 두유를 가져다 놓았던 거죠. 튤립, 장미, 칼라. 예쁜 꽃도 때마다 놓여 있었습니다.

저는 살면서 남자에게 꽃을 받아본 적이 없습니다. 손수 쓴 연애편지도 누가 볼까 봐 몰래 읽었어요. 아침마다 두유나 꽃을 놓으려면 누구보다 제일 먼저 회사에 나와야 하는데, 그걸 매일 했다니. 사람이 그렇게 성실하기가 쉽지 않잖아요. 제가 그토록 원했던 따뜻한 사람. 그래서 넘어갔죠^^

Q 남편분과 결혼을 결심하신 이유가 뭘까요? 남편분은 어떤 사람일까요?

A 입사 첫날, 하필 회사 대청소 날이었어요. 모두가 열기조차 꺼려하는 냉장고에서 오랫동안 방치된 배달음식 찌꺼기, 구더기가 잔뜩 묻어있는 빵을 음식물 쓰레기 봉지에 아무렇지도 않게 담더라고요. 회사에서는 마냥 무뚝뚝한 대리님인 줄로만 알았는데, 회식 장소 구석에서 허리가 구부러진 할머니에게 껌을 사는 모습을 보고 '참 좋은 사람이구나'라는 생각을 했습니다.

지금도 남편은 아무리 바쁘더라도 추운 날씨에 전단지를 나눠주는 사람들의 전단지는 꼭 받고, 요리하는 저를 뒤에서 가만히 안고 고맙다고 해주고, 제가 외출할 때면 저의 신발을 신기 좋게 돌려주고, 냄새나

는 음식물 쓰레기도 묵묵히 치워주고, 떨어진 단추도 직접 달아주고, 다음 날 제가 입을 옷도 저보다 더 잘 다려줍니다.

"너만 볼게"라는 뻔한 말을 하지 않고, 당장 옆을 지나가는 예쁘고 섹시한 여자에게 눈을 한 번도 흘기지 않았어요. 거짓말하지 않고, 어느 순간에도 무례하지 않고, 잘못을 해도 잘못을 곧 인지하여 더욱 조심할 줄 아는 사람. 저의 글을 읽고 저의 모든 아픔을 안아주고 같이 울어주었던 사람. 이런 사소한 것들을 중요하게 생각하는 사람. 제가 그렇게나 찾아 헤매던 따뜻한 사람이 저의 남편이 되었어요^^

Q 그동안 쓰신 연애 칼럼 중에 '백마 탄 왕자는 없다'는 내용이 있던 데요. 어떤 의미일까요?

A 보통 여자들의 이상형은 거의 비슷한 것 같아요. 키가 커야 하고, 꼭 재벌이 아니더라도 내가 일하지 않아도 나를 먹여 살릴 만큼의 돈은 벌어야 하죠. 게다가 나에게 다정해야 하며, 다른 여자에겐 눈길조차 주지 않는 것.

아마 어릴 때부터 보았던 동화와 드라마에 세뇌되며 자라왔기 때문이 아닌가 싶어요. 그래서 어느 날 나에게 유리구두를 들고 운명처럼 찾

아올 왕자를 기다리고, 또 기다리는 거죠. 저희가 흔히 아는 모든 동화와 드라마에는 그런 왕자와의 결혼식 장면이 해피엔딩으로 쉽게 장식되는데요.

안타까운 건, 신데렐라, 인어공주, 백설공주에 나오는 왕자들의 권력과 지위는 묘사되는데, 인격과 성격은 잘 묘사되지 않아요. 집집마다 구두를 들고 집요하게 신데렐라를 찾아 헤매는 왕자가 혹시 스토커에 유리구두라는 페티시를 가진 변태였을지 누가 알겠어요. "어디서 저런 애를 데려와!!"라고 구박했을지도 모르는 신데렐라의 시어머니와, 백설공주에게 "난쟁이들과 사는 동안, 정말 아무 일도 없었소?"라고 묻는 왕자의 의심 따위는 절대 나오지 않죠. 실제 인생과 연애는 이런 것들 때문에 울고 웃는데 말이에요.

이 세상에 결국 '완벽하게' 백마를 탄 왕자는 없다는 것이죠. 왕자라는 신분과 같은 외적인 요소에 끌리는 것이 위험하다는 생각이에요. 로맨틱한 상황이 그(녀)를 왕자(공주)로 보이게 할 수도 있지만 더 중요한 것은, 매일 맞이해야 하는 '함께'라는 현실인데, 그 현실에서마저 그는 혹은 그녀는 왕자인가, 공주인가에 대해서 고민해볼 필요가 있다는 것이 저의 의견입니다.

Q 죽기 전에 가봐야 할 교회, 세계에서 가장 작은 교회라는 청란
교회에서 결혼하게 되신 계기가 있을까요? 청란 교회는 얼마나
작은 교회일까요? 청란 교회와 결혼식을 올리신 주변 환경에 대
해 간단하게 설명해 주시면 좋을 거 같습니다.

A 해외 생활을 오래 해서 그런지, 저는 한국에서 흔히 볼 수 있
는 '공장식 빨리빨리 결혼'이 많이 이상해 보였어요.

제 프랑스 친구는 남자 친구가 없는데도, 벌써부터 결혼식 콘
셉트를 '이상한 나라의 앨리스'로 정해 놓았더라고요. 할머니의 와인
농장을 열어 며칠 동안 파티를 할 건데, 미래의(?) 신랑 친구들을 시계
토끼로 만들기 위해, 저와 쇼핑할 때 목걸이 시계를 찾아 헤맸었죠. 또
제가 살았던 인도에서도 결혼식은 기본 3일에서 일주일까지 잔치가
벌어지는 것이 아주 흔한 일이었어요.

물론 한국에서는 와인 농장을 찾기도 힘들 테고, 3일 동안 주구장창
파티를 열기도 힘든 환경이겠지만, 제 결혼식에서만큼은 결혼식의 본
질을 꼭 살렸으면 좋겠다는 생각을 오래전부터 했습니다.

드레스나 메이크업이 어떻냐, 생화냐 조화냐, 호텔이냐 일반 웨딩홀
이냐. 예물이나 예단은 이렇더라. 이런 모든 것보다, 저를 길러주신 부
모님께 감사의 마지막 인사를 드릴 수 있고, 축복해주시는 모든 분들

★239

에게도 즐거운 시간을 선물할 수 있는 그런 예식, 결혼식은 그런 자리가 되어야 한다고 생각했어요.

마침, 신랑의 외삼촌께서 담임 목사님으로 계시는 교회에 가보았는데, 아니, 와인농장보다도 훨씬 아름다운 곳이 한국에 있을 줄이야. 죽기 전 꼭 가봐야 하는 10대 교회, 세계에서 가장 작은 교회입니다. 계란 모양으로 지어진 그 작은 곳에서 '가족'이라는 큰 사랑이 태어난다는 뜻을 지니고 있는데요. 내부는 아주 작지만 여기서는 마이크도 필요 없이 오직 공명으로 인하여 산꼭대기까지 울림을 줄 수 있다고 해요. 작은 병아리가 알에서 깨어 탄생하듯, 가족이 탄생하는 예배당, 오직 가족을 위한 예배당. 작지만 큰 사랑의 울림이 시작되는 곳. 이보다 더 결혼의 본질을 담은 장소가 있을 수 있을까요? 바로 여기다!! 라고 외쳤어요.

(가족이나 교인이 아닌 외부인의 결혼식은 진행되지 않으니 참고 바랍니다.)

Q 결혼식을 준비하면서, 혹은 결혼식 도중에 기억에 남는 에피소
   드가 있었을까요?

A 결혼을 준비하면 많이 싸운다고 하는데, 저희는 싸울 일이 전
   혀 없었어요. 저는 진작부터 신부인 제 자신이나 혹은 결혼식
   이 예쁘게 보이는 것을 포기하고, 오로지 '오신 하객분들이 즐
거웠으면 좋겠다'라는 생각으로 결혼식을 준비했기에, 꽃장식도 생화
로 하기보다 조화로 택하였고, 그 흔한 에스테틱도 전혀 신경 쓰지 않
았죠.
다만, 저희는 결혼식이 시작되기 전, 폐백 대신 양가 부모님과 어른들
을 모시고 가족끼리 성찬식을 진행하였어요. 한 가정이 바로 서려면
양가 부모님과 어른들에게서 재정적으로, 정신적으로 완전히 독립되
어야 하기 때문에, 앞으로 시작하는 이 가정이 온전히 독립됨을 인정
하고 선서하고 약속하는 자리를 가졌습니다.
어른들께서 한자리에 모여 진정으로 축복하시고 손을 뻗어 다독여주
시고, 온전한 어른이 되었다고 선포해주셨던 그 따뜻한 온기와 분위
기. 정말 특별했어요. 도우미 이모님은 그동안 수많은 예식을 다녀봤
지만, 이런 감동적인 의식은 처음이셨다면서 눈물을 흘리셨습니다.

Q 결혼식에 참석하신 주변분들 반응은 어땠을까요? 하객은 몇 분
이나 오셨을까요?

A 300분 정도 참석하셨습니다. 야외 결혼이라 비가 오면 어떡
하나 걱정했는데, 날씨도 너무 좋았고 주변 자연환경이 푸릇
푸릇해서 동화 같았다 라는 반응이 많았어요. 또한, 저를 길러
주신 부모님께 감사의 편지를 읽는 시간이 있었는데요.
"선교사이신 부모님을 따라 14살부터 시작된 이민 생활, 한 달에 한 번
이사 가야 하고, 학교도 돈이 있으면 가고 없으면 못 가고, 남들처럼
먹고 싶은 것 다 먹지 못하고, 좋아하는 피아노도 팔아 못 치게 되고,
박스가 장롱이 되었던 그 모든 삶. 세상은 알아주지 않아도, 나는 엄마
아버지가 너무 위대한 삶을 살았다고 생각해요. 그 삶을 통해서 지금
죽어도 행복한 삶이 무엇인지 알게 되었어요. 나도 이제, 그렇게 살려
고 해요. 남들처럼 알콩달콩 사는 것, 잘 먹고 잘 사는 것을 나의 인생
의 목표로 하는 것이 아니라, 세상에 조금이라도 위로가 될 수 있게 살
게요. 작게나마 빛으로 사는 것을 우리의 목표로 할게요."
미리 준비했던 편지를 덤덤하게 읽는데, 하객분들 중에 오열하시는
분들이 계셔서 오히려 제가 죄송할 정도였어요.
'예쁜 것'보다, '아름다운 것'이 더욱 마음에 오래 남잖아요. 저희 결혼

식이 아름다웠기에, 결혼식에 오셨던 분들이 '나도 이렇게 감동적으로 결혼하고 싶다'라는 의견이 많았습니다.

Q '결혼을 하려거든 웨딩 박람회를 가라'고 쓰신 부분도 인상적이던데요. 어떤 의미일까요?

A 제가 연애와 관련한 글을 쓸 때도 언급한 적이 있는데요. 여자가 가지고 있는 흔한 '결혼 로망'을 이용해서, 여자에게 대시하는 못된 남자들이 생각보다 엄청나게 많아요.

예를 들어, "나 너랑 결혼하고 싶어." "우리 결혼하면 하와이에서 결혼하자." "우리 부모님 언제 뵈러 갈래?" 여자의 마음을 사기 위해 이런 말을 쉽게 던지는 거죠.

그러면 여자들이 "아, 이 남자가 나를 많이 좋아하는구나" 하고 많이 설레죠. 그런데 이런 말들을 쉽게 던져놓고, 실제로는 결혼에 대해서는 아무런 생각이 없는 남자들이 정말 정말 많답니다. (정색) 진심일수는 있는데, 전심이 아닌 거죠. 그런데 여자는 그 이야기를 전심으로 믿고 '이 남자가 나에게 언제 프러포즈를 하나'라며 기다립니다. 그러다가 결정적인 순간이 되면 남자들의 본심이 나와요.

"우리 부모님이 너 보고 싶어 하셔. 언제 뵈러 갈래?" 하고 여자가 먼저 말을 꺼낼 때나, "웨딩 박람회 가자~!"라는 제안을 했을 때, 남자의 반응을 보면 말로만 결혼을 외치는 건지, 아니면 진짜 결혼을 원하는지 알게 됩니다. 남자가 "우리 빨리 결혼하자!"라는 말을 해놓고 적극적이지 않은 모습을 보인다면, 전심이 아닌 경우가 커요.

실제로, 연애 중 저에게 결혼을 하자고 했던 남편에게 "우리 그럼 웨딩 박람회 갈까?"라고 물었을 때, 남편은 너무나 좋다며 함께 갔고, 그날 바로 '스드메'를 계약하게 되었어요. 제 사촌 여동생들에게 이 방법을 추천해줬더니, 두 명 다 남자 친구를 웨딩 박람회에 데려가 결혼식 날짜를 바로 잡게 되었습니다.

Q   두 분께서 꿈꾸는 결혼생활이 있을까요? 어떤 모습일까요?

A   제가 좋아하는 영화 「리스본행 야간열차」에는 '사실 드라마틱한 삶의 순간들은 가끔씩 믿을 수 없을 만큼 이목을 끌지 않는다'라는 대사가 있어요.

정말 그렇거든요. 어떤 커다란 목표를 가지고 사는 것보다, 지금처럼 작은 것에도 늘 감동하고 고마워하며 칭찬을 아끼고 싶지 않아요. 남편에게 무엇을 특별하게 바라지 않아요.

남편이 변하는 것을 걱정하는 것보다, 지금 당장 이 사람의 존재만으로도 감사해하는 저의 모습을 잃고 싶지 않아요. 힘들 때 같이 울고, 아픔을 같이 견디고, 굳이 힘내지 않아도 된다고 말해주고 싶고, 그저 안아주며 말없이 옆에 있어주고 싶어요. 다가오는 내일도, 10년 20년 뒤에도 딱 오늘만 같으면 좋겠네요.

Q 끝으로 남편분께 하고 싶으신 말씀 있으면 전해주시기 바랍니다.

A 여보, 부족한 나를 매일 사랑해주고 예뻐해 줘서 너무 고마워. 여보에게 받는 사랑과 행복을 마땅한 권리로 받아들이지 않게 평생 노력할 거야. 세상은 사랑을 받아야만 행복하고, 행복은 늘 먼 곳에 있는 것처럼 이야기하지만, 진정한 행복은 사랑받는 것보다 여보를 사랑하는 것임을 평생 잊지 않을게요. 우리 엄마가 나에게 알려준 대로, 나는 여보의 생명이 되고, 쉴 수 있는 쉼이 되고, 집이 되어줄게. 먼 훗날 주름이 많아진 그때도, 우리 이렇게 함께 웃고 있자.

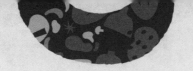

지금 당신의 마음 그릇에는
무엇이 담겨 있나요?

모든 사람이 다르듯, 저마다 가지고 있는 마음 그릇 역시 다르다.

그릇의 모양, 크기, 쓰임 모두 다르며 그릇에 담는 그 무엇 역시 다르다.

우리가 호흡을 하지 않으면 죽고, 음식을 먹지 않으면 죽듯이, 사람은 가슴이 비워지면 살 수 없는 존재이다. 용기, 희망, 우정, 사랑, 행복, 믿음 또는 분노, 질투, 미움, 경멸. 이러한 것들은 감정(感情)이며, 한자에 둘 다 마음 심心이 들어가고, 이것은 머리로 느끼는 것, 머리에 담는 것과는 다른 차원의 영역이다. 많은 사람이 이 그릇에 '돈'을 담기를 원하는데, 사실은 돈으로 누릴 수 있는 행복을 담고 싶어서일 것이다. 불교에서는 계속 비워내라고 말하지만, 사실상

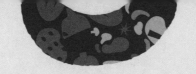

그 비워낸 자리에 평안을 채워내는 것이 궁극적인 목적일 것이다.

　나는 비어 있을 때, 그러니까 외로울 때, 이것을 잘 견디지 못하는 사람에 속한다. 일찍 독립하고 긴 세월을 홀로 외로운 해외 생활을 하면서 텅 빈 어두운 집에 불을 켜는 순간을 유독 힘들어했다. 내가 가진 많은 취미는 이런 순간들을 잊고자 했던 모든 발버둥의 흔적이었으며, '외로움'이라는 결핍을 채우고자 했던 노력의 결과다.

　그럼에도 불구하고 나의 마음의 그릇은 채워지지 않았다. 그래서 나는 연애를 하며 이 공허함을 채우고자 하였다. 그리고 알게 된 사실은 세상 어느 누구도 나를 100% 채워주는 사람은 없다는 것이다.

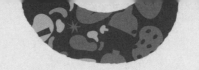

마찬가지로 나 역시도 누군가를 100% 채워주지 못한다.

사랑은 따뜻한 온기이므로 받으면 기분이 좋다. 몽글몽글한 핑크
빛의 설렘, 기분 좋음을 느낀다. 모든 사람은 처음엔 다 신선하다. 그
런데 이 따뜻한 온기를 계속 받기만을 원하면, 내가 가만히 있어도
열을 생산할 필요가 없어진다. 열을 생산하지 않다 보면 결국 차가
워진다. 이성 관계에서 받기만을 원하는 사람은 점점 더 무리한 것
을 요구하며 급기야 사랑이 권리가 된다.

"열을 내놔. 너는 원래 따뜻하잖아. 나는 이 정도 온기, 이 정도 표

현, 이 정도의 것으로 부족하단 말이야. 더 나를 사랑해줘, 더, 더, 더!!"

가스라이팅은 여기에서 시작된다. 내가 사랑의 발전소가 되지 않고 사랑의 종점이 되어버려 한쪽만 희생하고, 한쪽만 만신창이가 되어 그 관계는 비참한 관계가 되어버리는 것이다.

'너무 아픈 사랑은 사랑이 아니었음을'이라는 노래 가사가 맞다. 내가 발견한 정답은 발전소끼리 만나는 것이다. 호구, 을, 곰탱이 등의 또 다른 이름도 있다. 만약 내가 연애할 때 다 퍼주는 성향이며, 지금까지 늘 을의 연애를 해왔다면, 상대가 해주는 것보다 내가 베

푸는 배려에 더 익숙하고 그것이 좋다면, 지금까지 을이었던 사람을 만나 연애를 하라고 권하고 싶다. 몇 년이 지나도 따뜻하고, 자극적이지 않아도 늘 잔잔하게 웃음이 끊이지 않는 것, 함께함이 편하다. 자잘하게 싸워도, 서로가 상처 입은 채 있는 것을 보기가 힘들어 그 싸움이 오래가지 않으며, 누가 잘못했든 잘잘못을 따지지 않고 그냥 미안하다고 말한다. 내가 잘못하지 않았어도, 상대가 마음이 상했다면 그건 미안한 게 맞으니까 말이다. 그렇게 서로에 대한 고마움이 더 커져간다.

나만 사랑하는 관계, 내가 놓아버리면 그만인 나를 갉아먹는 연애는 이제 그만하자. '사랑할만한 사람'을 만나면 쉬워진다. 이제까지

는 고작 더는 상처받지 않는 것이 소원이었다면, 서로를 채워주려
고 노력해왔던 사람, 지금까지 나와 같이 을의 연애를 해왔던 사람
을 만나면 사랑이 힘들지 않을 것이다. 아프지 않은 것을 넘어 행복
한 연애를 할 수 있다. 비록 사람은 사람을 100% 채워주지도, 100%
채움 받지도 못하지만 나날이 이 퍼센티지를 채워나가는 것. 완벽
하지는 않아도 오늘의 진심이 조금씩 나아져서 언젠가는 전심이 되
길 바라는 것.

나는 그것을 사랑이라고 부른다.
더는 상처받고 싶지 않은 모든 언니들이, 이제는 부디 행복하길
바란다.

더는 상처받고
싶지 않은 언니에게

초판1쇄 2023년 7월 31일 **지은이** 스더언니 **펴낸이** 한효정 **편집교정** 김정민 **기획** 박자연. 강문희 **디자인** purple **마케팅** 안수경 **펴낸곳** 도서출판 푸른향기 **출판등록** 2004년 9월 16일 제 320-2004-54호 **주소** 서울 영등포구 선유로 43가길 24 104-1002 (07210) **이메일** prunbook@naver.com **전화번호** 02-2671-5663 **팩스** 02-2671-5662
홈페이지 prunbook.com | facebook.com/prunbook | instagram.com/prunbook

ISBN 978-89-6782-192-0 03810
ⓒ 스더언니, 2023, Printed in Korea

*책값은 뒤표지에 있습니다.

이 도서의 국립중앙도서관 출판예정도서목록(CIP)은 서지정보유통지원시스템 홈페이지(http://seoji.nl.go.kr)와 국가자료공동목록시스템(http://www.nl.go.kr/kolisnet)에서 이용하실 수 있습니다.

*본 도서는 카카오임팩트의 출간 지원금을 받아 만들어졌습니다.